MÉMOIRE

POUR le Sieur Jean Calas, Négociant de cette Ville ; Dame Anne Rose Cabibel son Epouse; & le Sieur Jean-Pierre Calas un de leurs Enfans.

À TOULOUSE,

Chez J. RAYET, Imprimeur-Libraire, à la Mere des Sciences & des Arts, Place du Palais.

MÉMOIRE

POUR le Sieur Jean Calas, Négociant de cette Ville ; Dame Anne-Rose Cabibel son Epouse ; & le Sieur Jean-Pierre Calas un de leurs Enfans.

ON ne sçait ce qui doit surprendre davantage, de la rapidité avec laquelle le Public a jugé les Exposans, ou qu'il n'ait pas cessé de les juger depuis près de trois mois. Marc-Antoine Calas est trouvé mort à neuf heures & demie du soir : la nouvelle s'étend pendant la nuit, elle est répandue par-tout le lendemain matin. Dans ce même moment : où il n'y avoit ni ne pouvoit y avoir aucune lumiere, aucunes preuves, l'Arrêt des Exposans fut porté : ils sont coupables, ils ont fait périr leur fils:& chacun dresse dans sa pensée un échaffaut sur lequel ils doivent expirer. Cependant la Religion défend aux Particuliers de

juger ; elle ordonne la charité pour tous les hommes, & l'humanité s'intéreffe pour les malheureux.

Le Public en fçait auffi peu après trois mois
qu'au commencement, puifque les preuves, s'il
y en avoit, n'ont pas été pour lui, elles ne lui
ont pas été communiquées. De plus, un Arrêt qui
a continué l'inftructive, méritoit bien qu'on crût
que les Expofans pouvoient être innocens : cependant les Sages feuls font revenus de cette premiere illufion. Quelle eft la caufe de cet étrange mouvement ? Le cœur peut fe laiffer furpren-
dre un inftant à la cruauté, fa bonté naturelle le
ramene bientôt. Mais la Religion a été mêlée
dans cette Caufe : & dans tous les temps, dans
toutes les Nations, le Peuple a été pris d'averfion
pour ceux qui font d'une Religion oppofée : les
plus modérés ont peine eux-mêmes à s'en défendre.

Le Sanctuaire de la Cour eft à l'abri de ces
orages & de ces paffions : & les Expofans déja
trop malheureux efpérent tout de fon équité fu-
blime, de fa fageffe & de fes lumieres.

F A I T.

Le fieur Calas, pere, eft âgé de 67 ans ; il eft
né à la Cabarede, au Diocéfe de Caftres ; il eft
établi dans cette Ville depuis environ 40 ans, &
il y a vêcu avec honneur.

Il contracta mariage dans le mois d'Octobre
1731 avec la Demoifelle de Cabibel, née de
parens refugiés en Angleterre.

La Demoifelle Cabibel eft iffue, par fon aïeule
maternelle, de la maifon de Lagarde de Montef-
quieu ; ainfi elle a l'honneur d'appartenir à une

partie de la Noblesse la plus distinguée de cette Province. Elle est cousine, remuée de germains, du Marquis de Montesquieu d'aujourd'hui & des Seigneurs de Polastron-Lahillere ; & niéce à la mode de Bretagne de la Dame de Marsillas, dont l'époux est mort Brigadier des Armées du Roi, des sieurs de Saint-Amans, dont l'un est Capitaine de Grenadiers du Regiment de Lorraine, des sieurs de Riols Desmazier, du sieur Descalibert, ancien Capitaine, Chevalier de Saint-Louis. Enfin toute la parenté illustre de la maison de Montesquieu est celle de la Demoiselle Calas. Elle n'a pas appris l'art funeste du parricide dans ce sang si noble & si pur.

Le mariage des Sieur & Demoiselle Calas a été béni de la naissance de six enfans, deux filles & quatre garçons. Marc – Antoine Calas, dont la fin tragique fait le malheur de sa famille : Louis Calas qui a embrassé la Religion Catholique : Pierre Calas qui est dans les fers, & Louis-Donat Calas qui est dans le Commerce, à Nîmes.

Pendant que le sieur Gaubert Lavaysse étoit à Toulouse, il avoit des liaisons avec les sieurs & Demoiselles Calas ; il étoit lié sur-tout avec Marc-Antoine Calas.

Le sieur Lavaysse, arrivé de Bordeaux à Toulouse le 12 Octobre, va rendre le soir même au sieur Cazeing des Lettres dont il étoit chargé, dans le dessein de partir le lendemain pour aller joindre sa famille à la campagne : le sieur Cazeing le pria d'accepter chez lui un souper & un lit.

Le Sr. Lavaysse chercha le lendemain des chevaux pour aller joindre sa famille à la campagne, & n'en trouva pas. Passant dans l'après-midi devant la boutique des sieurs Calas, il y voit des

Demoifelles de Caraman ; [a] il entra pour les
faluer , & le fieur Calas lui fit promettre de fouper ce foir avec fa famille.

Pierre Calas lui offroit de fe joindre à lui pour
lui procurer un cheval pour le lendemain : des
perfonnes qui vinrent achetter des marchandifes,
fufpendirent quelque temps leur fortie : ils fortent
vers cinq heures , rentrent vers fept heures un
quart , & l'on fe mit à table.

Marc-Antoine Calas quitta la table le premier :
il étoit dans l'ufage de fortir l'après-fouper pour
aller jouer au billard : il paffa un inftant à la cui-
fine & defcendit.

Lorfque le fieur Lavayffe voulut fe retirer vers
neuf heures & demie , Pierre Calas prit un flam-
beau pour l'accompagner : ils voient ouverte la
porte de la boutique , & Marc-Antoine Calas
pendu entre les deux battans de la porte , qui con-
duit de la boutique au magafin , la face tournée
vers la boutique. Ils fe précipitent dans le courroir & volent dans l'efcalier , appellant le pere à
grands cris.

Le fieur Lavayffe arrête la mere qui fe pré-
fentoit fur l'efcalier. Ce fpectacle n'étoit pas fait
pour elle. Il vole enfuite chez un Chirurgien ; de-
là il court appeller le fieur Cazeing pour venir
confoler avec lui ces infortunés.

La mere n'étant plus arrêtée n'avoit point tardé
à defcendre. Quelles douleurs , quels cris , quelles
plaintes ! D'un côté le voifinage accourut , de
l'autre les Capitouls furent mandés.

Les fieurs Calas pere & fils , le fieur Lavayffe
qui étoit rentré , & la Servante de la maifon fu-

_____

(a) *Patrie de Me. Lavayffe , Avocat , qui y paffe quelque temps
pendant les Vacations avec fa famille.*

rent emmenés à l'Hôtel-de-Ville ; ils crurent, &
ils avoient lieu de le croire, que c'étoit fimplement
pour tirer d'eux les circonftances de cette funefte
aventure.

Il faut apprendre au public ce que c'eft que
cette Servante : une vieille fille fervant depuis
trente ans dans la maifon , qui en a vu naître
tous les enfans : Catholique zélée & d'une piété
édifiante , qui approchoit du Sacrement de la
Pénitence une fois la femaine, & de la Sainte
Table deux fois ; qui avoit communié trois jours
avant ce malheur.

Le Procès-verbal de cette defcente a été dreffé,
dit-on , dans l'Hôtel-de-Ville ; & un Rapport de
deux Médecins & de deux Chirurgiens que les Capitouls avoient mandés , a été dreffé de même
dans leurs maifons.

Les Capitouls firent une feconde defcente à la
maifon trois jours après : & Maître Lamarque,
Chirurgien, fut employé le 15, pour faire l'ouverture du Cadavre, & vérifier les alimens qui
fe trouveroient dans l'eftomac.

Ce qui a fuivi eft affez connu ; ce Décret qui
tient depuis près de trois mois cinq perfonnes dans
les fers , & qui entretient trois familles dans
l'amertume la plus vive : ce Monitoire qui a été
publié : la Sentence de l'Hôtel-de-Ville , &
l'Arrêt qui a ordonné que l'inquifition commencée feroit continuée.

Les Expofans ont appellé comme d'abus de
l'obtention du Monitoire : ils débattent de nullité
& de faux les premier & fecond Verbal de defcente , les deux Rapports & différentes autres
parties de la Procédure.

Le Monitoire n'étant pas conçu à décharge,
comme il l'étoit à charge , ceux qui auroient pû

déposer pour la décharge des Exposans ne se font pas crus en droit de se présenter pour révéler : les Exposans ont lieu de croire qu'ils n'auront pas besoin de ce secours : mais s'il pouvoit arriver que leur innocence ne parut pas établie, ils ont coarcté des faits justificatifs, les plus tranchans & les plus décisifs, & ils ont demandé d'être reçus à en faire la preuve : il seroit inutile de faire en cet endroit le détail de ces faits : ils se présentent dans les différentes parties de ce Mémoire : & ils seront résumés à la fin.

NULLITÉS.

Il ne faut pas croire que ces nullités soient couvertes par l'Arrêt, qui a ordonné que l'inquisition commencée, seroit continuée : ordonner que l'inquisition sera continuée, n'est pas dire que ce qui a précédé soit exact & valable en toutes ses parties.

Mais qu'il soit permis de faire avant tout quelque réflexions sur l'importance des formes en matiere criminelle.

» Laissons, dit l'Ordonnance de 1670, tit. 14, » art. 8, au *Devoir* & à la *Religion* des Juges d'exa- » miner avant le Jugement, s'il n'y a point de » nullités dans la Procédure.

Ainsi l'Ordonnance prétend si peu que des Prévenus puissent être condamnés sur des Procédures nulles, qu'elle fait aux Juges un devoir & une obligation de religion de vérifier s'il n'y a point de nullités, quand même elles n'auroient pas été proposées : vous manquerez à votre devoir, vous chargerez votre conscience, si vous en usez autrement.

Tous les Auteurs en ont parlé dans cet esprit

Dans le Dictionnaire de Ferriere : [*a*] « forma-
» lités en matiere criminelle font *essentielles* & en
» *font la substance*. . . . Il n'y a que les Rois, qui
» font les images de Dieu même, qui aient le
» pouvoir de ne suivre aucune formalité dans leurs
» Jugemens, lorsque les crimes font dans la der-
» niere évidence.

Dans le Dictionnaire de Brillon *in verbo* Procédure criminelle, » toutes les dispositions de l'Or-
» donnance, dans *l'intention du Législateur, concourent
à la protection de l'innocence*.

L'Auteur de l'Esprit des Loix [*b*], qui fut à la
fois grand Philosophe, grand Politique & excel-
lent Magistrat. » Si vous examinez les forma-
» lités de la Justice, par rapport à la peine qu'a un
» Citoyen à se faire rendre son bien, ou à obtenir
» satisfaction de quelque outrage, vous en trou-
» verez sans doute trop : si vous les regardez dans
» le rapport qu'elles ont avec la liberté & la sûre-
» té des Citoyens, vous en trouverez souvent trop
» peu.

La Cour représentoit elle-même si énergique-
ment au Souverain, dans des Arrêtés du 19 Juillet
1760, « que substituer des voies irrégulieres à la
» forme des Jugemens, c'est rendre précaire la
» liberté politique. . . . . que tout Citoyen a le
» droit de n'être jugé que suivant les Loix.

Mais quoi! des coupables éviteront-ils la peine, parce qu'il aura été manqué à des formalités ?

Ce ne feront pas des Juges qui raisonneront
ainsi : un Peuple mal instruit pourroit avoir seul
ces pensées : c'est à ce Peuple qu'on va répondre.

» Des coupables éviteront-ils la peine? » Mais
premierement, sur quoi les jugez-vous coupa-

(a) In verbo *Formalités en Matiere Criminelle*.
(b) *Liv. 6, Chap. 2.*

B

bles : ils ne font pas convaincus , puifque les preuves que vous leur oppofez ne font pas revêtues
des formes de la Loi. Secondement , le Magiftrat tient de la Loi feule le droit de punir : autrement il eft foumis comme les autres hommes au
précepte Divin *tu ne tueras pas*. Le Magiftrat ne
peut donc punir que quand la Loi le lui permet :
mais la Loi ne le lui permet , que fur des preuves
dont elle a réglé la forme : il ne peut donc punir
que fur des preuves qui foient revêtues de cette
forme. Troifiemement , il ne faut pas fe parer de
zele pour la Société : la Société défavoueroit ce
zele , elle en feroit épouventée : elle fçait trop
que la fûreté & la liberté d'un chacun tiennent à
l'exacte obfervation de ces formes.

Et n'envions pas aux Prévenus ce foible avantage : ils le payent par des défavantages fi réels.
La preuve ne s'ordonne en matiere Civile , qu'a-
près que les faits ont été admis en contradictoire
défenfe : la Partie voit prêter le ferment aux Témoins : leur nom lui eft communiqué , pour qu'elle puiffe chercher des objets : l'Enquête lui eft fig-
nifiée , elle a le temps d'étudier , méditer ce qu'elle contient : elle eft reçue enfin à faire une Enquête contraire.

En matiere criminelle , l'Information fe fait
fans que le Prévenu en ait connoiffance , la néceffité l'exige ainfi : le nom des Témoins ne lui eft
pas communiqué d'avance , il faut qu'il les objecte
fur le champ lors des confrontations : les dépofitions ne lui font pas communiquées non plus , il ne
connoît que ce qu'il en peut faifir dans une lecture
rapide : il fe trouve enfin déja convaincu ,
lorfqu'on l'admet à propofer des faits juftificatifs.

Que de contrainte & de rigueur : pour com-
penfer tous ces défavantages , il étoit bien jufte ,

que cette même Procedure fût assujettie à des regles étroites : pourroit-on donc envier aux Prévenus ce foible secours ?

Nullité ou Réjection du premier Procès-Ver-
bal de Descente.

L'Ordonnance de 1670 porte tit. 4. art. 1. »
» Les Juges dresseront *sur le champ & sans déplacer*,
» Procès-verbal de l'état auquel seront trouvées
» les personnes blessées ou le corps mort : ensem-
» ble *du lieu* ou le délit aura été commis, & de
„tout ce qui peut servir pour la décharge ou la
» conviction.

Deux moyens de nullité ou de réjection invin-
cibles, résultent de la disposition de cet article.

Premierement, le Procès-verbal doit être
dressé sur le *champ* & sans *déplacer*. On raconte
bien que celui en question est daté de la Maison
des sieurs Calas : mais ils ont donné Requête pour
s'inscrire en faux contre cette énonciation : & cette
Requête n'est pas rejettée, elle demeure à juger.
Il sera prouvé par les Témoins les plus dignes de
foi, que ce Procès-verbal fut dressé à l'Hôtel de
Ville.

Pourroit-on ne pas écouter cette demande des
Exposans. Un Arrêt du Parlement de Paris du 7.
Septembre 1740, reçut l'Inscription en faux,
contre la Minute d'un Arrêt rendu il y avoit
soixante-treize ans & qui avoit été exécuté. En
vain Me. Cochin qui plaidoit dans la cause (*a*) fit
les plus grands efforts ; "les Arrêts, disoit-il, font
» délibérés dans le secret le plus profond : ils font
» rédigés sous les yeux du Chef de la Compagnie
» & du Rapporteur, qui l'un & l'autre les fignent ;
» & ils ne sortent de leurs mains, que par le dépôt

(*a*) Tom. 5. p. 125.

„qu'ils en font dans dès Archives confiées à des
„Miniſtres, dont en quelque maniere le Tribunal
„eſt garant. Former une Inſcription de faux con-
„tre les Monumens reſpectables que renferme le
„dépôt du Greffe, c'eſt attaquer la foi qui eſt due
„à la Juſtice même & à ſes oracles ; c'eſt faire de
„l'azyle de la vérité, le ſéjour de l'impoſture &
„du menſonge. Qu'y aura-t-il de ſacré, ſi une
„autorité ſi reſpectable n'eſt point à l'abri de l'in-
„ſulte que renferme un ſoupçon ſi odieux„? Toute
cette éloquence fut inutile, l'Inſcription en faux
fut reçue, parce que la voie du faux emporte les
titres les plus ſolemnels.

L'Ordonnance auroit établi bien inutilement
des formalités, ſi cette voie de Droit n'étoit pas
ouverte aux Prévenus : un Magiſtrat auroit mé-
priſé ces formalités, & des prévenus périroient,
parce qu'il auroit plu à ce Magiſtrat d'énoncer qu'il
les a obſervées. Il doit être permis d'attaquer par
le faux les Actes ſur-tout qui ſont dreſſés ſans
contradicteur. Voilà la premiere nullité.

Secondement, l'Ordonnance veut que le Verbal
ait été chargé de tout ce qui peut ſervir à la décharge & conviction.

Marc-Antoine Calas a été trouvé ſans vie ; il
étoit mort de mort violente ; trois penſées pouvoient s'élever là-deſſus : Marc-Antoine Calas
pouvoit s'être défait lui-même : des étrangers
pouvoient lui avoir donné la mort : ce pouvoit
être auſſi les gens de la maiſon. Le Verbal en
queſtion eſt-il chargé de ce qui pouvoit décider
entre ces objets ?

Pour ſçavoir ſi Marc-Antoine Calas ne s'étoit
pas défait lui-même, il falloit vérifier la corde
& le billot : méſurer la hauteur de la porte, ſa largeur : voir en quel état elle ſe trouvoit, ſi les bat-

tans n'étoient pas rapprochés , & fi le billot n'étoit
pas affez long pour tenir fur ces deux battans
rapprochés : fi ce malheureux portoit fur fon
corps ou fur fon linge quelques marques de réfif-
tance & de combat : en particulier fi fa cheve-
lure étoit dérangée.

Pour fçavoir fi des étrangers n'auroient pas
commis cet attentat , il falloit fouiller dans toute
la maifon ; les coupables pouvoient être cachés
dans quelque réduit.

Pour connoître enfin fi le crime auroit été
commis par les gens de la maifon , il falloit rendre raifon de leur contenance , de leurs mouvemens : étoient-ils troublés , étoient-ils effrayés ,
préfentoient-ils au contraire les marques d'une
vraie douleur , avoient-ils des traces de défordre
dans leur linge , leur coëffure ou fur leurs habits ?

Une voix s'éleve de la rue en ce moment , qui
crie que les Calas ont fait mourir leur fils & leur
frere , en haine de ce qu'il vouloit embraffer la
Religion Catholique. Il falloit monter à la chambre du défunt vérifier fes Papiers & fes Livres :
voir fi l'on trouveroit au moins un Livre de Prieres Catholique.

Rien de tout cela n'eft porté dans ce Procès-
Verbal : au lieu d'y avoir rendu compte de tout
ce qui pouvoit fervir pour la décharge ou la conviction , tout y a été négligé : le vœu de l'Ordonnance n'eft donc pas rempli , & par conféquent
on ne peut pas avoir égard à cette piece.

» L'Ordonnance , dira-t-on , ne prononce pas
» la peine de nullité ou de réjection. » Il s'enfuivroit de-là que rien ou prefque rien n'obligeroit
à peine de nullité dans l'Ordonnance civile ou criminelle : en effet il y a à peine trois ou quatre articles , dans chacune de ces Ordonnances , où la

peine de nullité foit déclarée par exprès. La nullité eft de droit en ce cas ; car un Verbal non
revêtu de la forme que la Loi a preferite, pour-
roit-il être adopté par les Miniftres de la Loi ? Il
réfulte encore de cela, que le Magiftrat qui a
procédé à ce Verbal a agi fans pouvoir, puifque
la Loi ne lui donnoit ce pouvoir qu'à des conditions qu'il n'a point obfervées.

NULLITÉS OU RÉJECTION
du premier Rapport des Médecins
& Chirurgiens.

Un moyen fimple & de Droit naturel, qui ne
pourroit point être méprifé fans inhumanité, rend
réjettable ce rapport & ne permet point d'y avoir
égard : les Experts qui y ont procédé n'ont point
été récolés & confrontés aux Prévenus : les prin-
cipes, l'ufage, la jurifprudence & la décifion des
Auteurs établiffent également ce moyen.

Les principes font bien fimples. Des Témoins
doivent être récolés & confrontés aux Prévenus :
comment des Experts ne devroient-ils pas l'être ?
Les uns & les autres font de vrais Témoins : les
uns dépofent qu'ils ont vu ou entendu ; les autres
dépofent qu'ils apperçoivent par les regles de leur
Art.

Il y a même plus lieu de récoler & confronter
des Experts, parce qu'il y a plus d'incertitude de
leur part que de la part des Témoins : les uns parlent d'après des conjectures, les autres d'après le
rapport des fens, dont le jugement eft infiniment
plus fimple & plus fûr : les uns difent j'ai vu, j'ai
entendu, les autres difent je crois voir par mes
combinaifons. Quoi ! des Témoins qui parlent

d'après le rapport des sens, seroient soumis à une épreuve en faveur du prévenu ; & des Experts, dont le jugement est établi sur de simples conjectures, seroient affranchis de cette épreuve. Ce qui est certain de soi seroit soumis à une épreuve : & ce qui est incertain de sa nature n'y seroit pas soumis ?

Enfin on ne jugeroit pas sur un rapport en matiere civile, sans que la partie eût été mise à même d'objecter les Experts, & de critiquer leur rapport. Or la voie civile & la voie criminelle ne différent que pour la forme : au lieu qu'en matiere civile l'on signifie le nom des Experts, que leur rapport se signifie aussi, on ne signifie rien en matiere criminelle : voilà la différence. Mais ces deux voies ne différent pas dans le fonds ; & dans l'une comme dans l'autre, la partie ne peut point être chargée qu'on ne lui ait fait connoître ceux qui la chargent, & qu'on ne l'ait mise vis-à-vis d'eux pour lui donner le moyen de les réfuter, & de justifier par-là son innocence. Voilà les principes.

Tel est aussi l'usage & la jurisprudence. Jusqu'à ce jour, l'Hôtel de Ville avoit toujours pratiqué de récoler en leur rapport les Médecins & Chirurgiens & de les confronter avec les prévenus. Un Arrêt de la Cour du 25 Avril 1752, entre Me. Palhols & les Sieur & Demoiselle Domergue, jugea aussi que cela étoit indispensable : en ordonnant que l'inquisition commencée, seroit continuée, il fut ordonné qu'il seroit procédé au récolement & confrontation des Médecins & Chirurgiens.

La doctrine des Auteurs est conforme à cela. Un célèbre Interprete sur la Loi derniere ff. de quæst. (a) dit n. 2, que le premier devoir du Juge,

(a) Barthole.

après qu'il est instruit d'un délit, est d'envoyer un Officier sur les lieux pour visiter le cadavre & ses blessures, *ad videndum hominem mortuum & vulnera*. Le Juge fait ensuite, dit-il, une maniere d'inquisition générale, pour découvrir par qui ce délit peut avoir été commis. Lorsque cette inquisition générale lui a fait naître un juste soupçon, il commence une inquisition propre & spéciale contre la personne soupçonnée. L'Auteur demande ensuite, n. 9, si ce qui a précédé cette inquisition spéciale, la visite du cadavre, les dépositions reçues dans l'inquisition générale, peuvent être objectés au prévenu : il déclare que non *non præjudicant reo*. Par quelle raison ? parce que rien de tout cela n'a été examiné avec le prévenu, *ipso citato & existente contradictore*. Tous les autres Interpretes ont embrassé la même doctrine. (a)

La disposition des Ordonnances a achevé de consacrer cette vérité. Dans tous les cas où un rapport d'Experts doit servir en matiere criminelle, il faut qu'ils aient été récolés & confrontés au prévenu. L'Ordonnance de 1670, tit. 8, prévoyant que des écritures & signatures privées pourroient servir à la preuve du crime, ordonne que ces écritures & signatures soient représentées aux accusés. Si l'accusé refuse de les reconnoître, les Juges ordonneront qu'elles seront vérifiées par des Experts : suivant l'art. 12, ces Experts doivent être ouis, récolés & confrontés, comme les *autres* Témoins. Dans l'article 16 du titre 9, les Experts qui jugent du faux doivent être pareillement récolés & confrontés : & la Déclaration de 1737 concernant le faux, a renouvellé cette disposition.

(a) Julius-Clarus en sa Pratique Criminelle *lib.* 5, §. *fin.* q. 50 n. 4, où il cite tous ceux qui l'ont précédé.

Le

Le rapport en queſtion ne peut donc pas être oppoſé aux Expoſans, dès que les Médecins & Chirurgiens qui y ont procédé n'ont pas été ré-colés & ne leur ont pas été confrontés : des Prin-cipes certains, le Droit naturel, la Juriſpruden-ce & l'Uſage, la doctrine des Auteurs & la diſ-poſition des Ordonnances, ne le permettent pas. On ne peut pas réſiſter à une vérité auſſi établie, & ſi précieuſe pour l'humanité.

Mais il s'éleve encore deux moyens de nullité contre ce rapport.

Premierement, l'art. 2 du tit. 5 de l'Ordon-nance de 1670, exige, comme pour les Procès-Verbaux des Juges, que ces rapports ſoient dreſſés & ſignés ſur le champ : il faudroit par conſéquent que le rapport en queſtion eût été dreſſé & ſigné par les Médecins & Chirurgiens, dans la maiſon où le Cadavre de Marc-Antoine étoit étendu, il a été dreſſé le lendemain.

Secondement, ces rapports doivent ſe faire en vertu d'une Ordonnance de Juſtice. » Les Parties » civiles peuvent, dit l'art. 1, ſe faire viſiter ou » faire viſiter les Cadavres par Médecins & Chi-» rurgiens. Pourront néanmoins les Juges, con-» tinue l'article 2, ordonner une ſeconde viſite » par Médecins ou Chirurgiens nommés d'office. Il faut par conſéquent, pour ces rapports d'office, qu'il ſoit intervenu une Ordonnance de Juſtice. Dans les formules de ces ſortes de rapports que les Criminaliſtes ont données (a), il eſt toujours fait vu de l'Ordonnance de Juſtice : « Nous..... » en vertu de l'Ordonnance de M.......... » du..........

Or y a-t'il eu une Ordonnance de Juſtice pour procéder à ce rapport ? Les Capitouls rendent-ils

(a) *Lacombe en matiere criminelle, p. 319.*

C

des Ordonnances hors du Consistoire, & sans être délibérées par le Consistoire ? Par qui d'ailleurs cette Ordonnance auroit — elle été requise ? Le Capitoul qui fit la descente n'étoit point accompagné du Procureur du Roi. Enfin on n'avoit pas un Huissier sous la main pour la faire signifier aux Médecins & Chirurgiens. Le Capitoul qui avoit fait la descente trouva à propos de faire visiter le Cadavre : il manda verbalement un Médecin & un Chirurgien : un Soldat porta ses ordres : voilà toute la formalité qui a été observée.

RÉJECTION ET NULLITÉ du Rapport fait le 15 Octobre.

Le moyen de réjection libellé contre le rapport précédent, de ce que les Médecins & Chirurgiens, auteurs de ce rapport, n'ont pas été récolés & confrontés avec les Prévenus, s'applique pareillement à celui-ci.

Mais il y a contre ce rapport deux moyens de nullité propres & particuliers.

Le premier, de ce que l'Ordonnance de 1670, au titre cité art. 2, ne permet au Juge d'ordonner qu'une visite *unique*. On vient de mettre sous les yeux de la Cour la disposition de ce titre. »Les Parties, dit l'art. 1, peuvent d'elles-mêmes »faire procéder à une visite. Pourront néan-»moins les Juges, continue l'art. 2, ordonner »une seconde visite.

Cette visite qu'il est permis aux Juges d'ordonner, n'est appellée *seconde* par cet article, que parce que l'Ordonnance suppose que les Parties en ont fait faire auparavant une autre : mais c'est relativement au Juge une *premiere* visite, puisque

c'eſt la premiere qu'il ordonne. Or l'Ordonnance
ne permet pas au Juge d'en ordonner d'autre que
celle-là. Il n'eſt donc pas permis d'en ordonner
enſuite une nouvelle.

Il faut le redire : le Magiſtrat tire de la Loi ſon
pouvoir. Or la Loi ne lui permet d'ordonner dans
ces préliminaires, qu'une viſite unique : il n'a donc
pas le pouvoir d'en ordonner deux. Si la premiere
a été imparfaite, que le Juge s'en prenne à lui :
tout ce qui lui étoit permis à cet égard, dans ce pré-
liminaire de l'accuſation, ſe trouve rempli.

Le ſecond moyen de nullité eſt pris de ce que le
Chirurgien, auteur de ce Rapport, a excédé ſa
commiſſion, ou s'il ne l'a pas excédée, il fut
nommé mal-à-propos pour ſeul Expert. Ce Chirurgien fait l'ouverture de l'eſtomac du Défunt ; il
examine le reſte des alimens qui y réſidoient, il
diſſerte ſur les regles phyſiques de la digeſtion,
& juge que ces alimens devoient avoir été pris depuis trois ou quatre heures. On a voulu conclure
de ce Rapport qu'il n'étoit donc pas vrai que Marc-
Antoine Calas eût ſoupé avec ſa famille.

S'il n'étoit pas mandé à ce Chirurgien de juger,
ſur l'inſpection des matieres qui ſeroient dans l'eſtomac, à quelle heure Marc-Antoine Calas auroit pris ſes derniers alimens ; ce Chirurgien a
excédé ſon mandat, & par conſéquent ſon Rapport eſt nul. S'il lui étoit mandé de comprendre
cela dans ſon Rapport, l'Ordonnance eſt nulle ;
il ne devoit pas être commis ſeul pour ce ſujet,
parce que de juger des effets phyſiques de la digeſtion appartient à la ſcience de la Médecine, &
n'eſt point du reſſort d'un Chirurgien. L'état du
Chirurgien eſt borné à la connoiſſance de l'Ana-
tomie & aux opérations de la main : des combi-
naiſons phyſiques ſont au-deſſus de ſon Art ; c'eſt

comme fi le Jugement d'une queftion de Droit
étoit renvoyée à un Praticien.

Appel comme d'abus de l'Obtention du Monitoire.

Cet Appel comme d'abus eft refervé expreffément par l'Arrêt : par conféquent il pend à juger.

Le moyen d'abus eft pris de ce que ce Monitoire a été accordé par les Vicaires-Généraux, au
lieu que cela regarde l'Official.

L'Ordonnance de 1670, tit. 7, art. 2, porte :
» enjoignons aux Officiaux d'accorder les Moni-
» toires que le Juge aura permis d'obtenir. » C'eft
donc aux Officiaux d'accorder les Monitoires.

Telle eft la Jurifprudence du Royaume. » C'eft,
» dit Me. Lacombe, dans fon Dictionnaire Cano-
» nique, page 418, au feul Official, ou autre Juge
» de la Jurifdiction Eccléfiaftique contentieufe, à
» accorder les Monitoires, non à l'Evêque ou fes
» Grands-Vicaires : finon il y auroit abus dans
» cette obtention.

L'Auteur des Notes fur Fevret, tom. 2, pag.
24. " Mon avis eft, dit-il, qu'en France les Evê-
» ques font obligés d'accorder l'exercice de ce
» pouvoir à leurs Officiaux, & ne peuvent point
» l'exercer eux-mêmes. Il donne pour raifon, que
» l'Excommunication eft, fuivant Panorme, du for
» contentieux.

L'Auteur des Mémoires du Clergé, t. 7 : après
avoir remarqué, que le Concile de Trente attribue
aux Evêques le pouvoir d'accorder les Monitoires,
que des Conciles Provinciaux communiquent ce
pouvoir à leurs Vicaires-Généraux : déclare page
1040 & 1041, que les Ordonnances du Royaume &
les maximes des Cours féculieres ne font conformes

en ce point, ni à la difcipline du Concile de Trente, ni aux Décrets des Conciles Provinciaux ; & que ce pouvoir eft jugé appartenir aux Officiaux feuls, conformément à l'Ordonnance de 1670.

Il a été pris, il eft vrai, des Lettres d'Atta-che de l'Official dans le cours du Monitoire. La nullité de s'être adreffé aux Vicaires Généraux a été bien reconnue : par-là ce foin tardif peut fau-ver ce qui a fuivi ces Lettres Monitoriales : mais ce qui a précédé demeure nul, & les révélations ont été mal & abufivement reçues.

NULLITÉ DES DÉPOSITIONS qui ont été faites à l'occafion de ces révélations.

Rien n'eft, prétend-on, plus frivole : que le Monitoire ait été abufif & nul, s'il a fait connoître des Témoins, leurs dépofitions ne fub-fifteront-elles pas ?

Non, elles ne fubfifteront pas. L'Ordonnan-ce, Tit. 7, Art. 3, porte, " à peine de nullité, „ tant des Monitoires, que de ce qui aura été „ fait en conféquence. Cela démontre que les dé-pofitions qu'un Monitoire nul peut avoir provo-quées, tombent avec ce Monitoire.

Sur le même principe, l'aveu du Prévenu à la Queftion eft annullé & ne fait point de preuve contre lui, fi le Jugement qui l'a condamné à la Queftion fe trouve nul. (a) Pourquoi cet aveu du Prévenu eft-il annullé, & ne fait-il point de preu-

(a) Si confeffio facta fit in tormentis & fervata non fuerint fer-vanda, talis confeffio eft ipfo jure nulla, nec poteft confeffus ex illa condemnari. Julius-Clarus, prac. crim. Lib. 5, §. fin. q. 55 n. 14 ; il cite une foule d'Auteurs.

ve ? C'eſt qu'il a été *provoqué* par une Procédure
nulle. Les dépoſitions de ceux qui ont révélé en
conſéquence d'un Monitoire, ou ont été *provoquées*
par ce Monitoire : par la même raiſon donc elles
doivent être annullées, & ne faire aucune foi, ſi
le Monitoire qui a donné lieu à ces dépoſitions
ſe trouve nul.

Une autre raiſon rend nulles ces dépoſitions.
Les Témoins révélans ont été aſſignés à l'Hôtel-
de-Ville : Meſſieurs les Gens du Roi ont en main
les Exploits, ils ne réfuſeront pas de les joindre
à la Procédure. Si des Témoins ordinaires
avoient été aſſignés en cette forme, il eſt bien
certain que leurs dépoſitions ſeroient nulles : un
Témoin ne doit pas aller chercher l'aſſignation,
il doit l'attendre. Un Monitoire change-t-il
rien à cela ? Les Auteurs diſent au contraire,
que pour faire ouir les Témoins révélans, il faut
obſerver la même Procédure (*a*) que dans une
Information ordinaire. Un Témoin doit ſouhai-
ter de n'être pas interpellé : il doit conſerver le
même deſir, après que la crainte des Cenſures l'a
forcé de révéler : il doit attendre par conſéquent
qu'on le vienne ſommer, content & ſatisfait ſi on
l'oublie, ſi on ne prend pas garde qu'il a révélé,
& il ſe rend ſuſpect, indigne de foi, s'il en uſe
autrement.

Que ſi on ſuppoſoit, pour un inſtant, qu'un Monitoire pût autoriſer cette forme de procéder, les
dépoſitions de ces Témoins ne ſubſiſteroient donc
qu'autant que le Monitoire ſubſiſteroit : ôtez ce
Monitoire, ces dépoſitions n'ayant plus ce fondement, il faut qu'elles ſe trouvent valables en la
forme ordinaire : cela juſtifie de plus en plus,
que ces dépoſitions doivent tomber, ſi le Monitoire eſt emporté.

(*b*) Ferriere *in verbo* Monitoire.

NULLITÉ DU SECOND
Verbal de Defcente.

Le premier Moyen de nullité eft pris de ce que l'Ordonnance de 1670, Tit. 4, ne permet aux Juges qu'une Defcente *unique*. On les avertit qu'il a été commis un délit, ils fe tranfportent & dreffent leur Procès - verbal. Voilà ce que l'Ordonnance leur permet. Elle prétend fi peu qu'ils puiffent faire une nouvelle defcente, qu'elle leur ordonne de comprendre dans ce premier Verbal, tout ce qui a rapport à l'action, & tout ce qui peut fervir à la décharge ou à la conviction. Si ces Officiers ont fait un Verbal imparfait, c'eft leur faute, & il s'enfuit de-là feulement que ce premier Verbal fera caffable : mais le pouvoir que l'Ordonnance leur donnoit à cet égard eft fini ; & ce n'eft plus qu'en jugeant le Procès, qu'il pourra être ordonné de nouvelles Defcentes & toutes les autres efpeces d'interlocutoire qui paroîtront néceffaires.

Le fecond Moyen contre ce Verbal eft pris comme contre le premier, de ce qu'on n'y a pas inféré tout ce qui pouvoit fervir pour la décharge. Il n'y a qu'à voir en effet fi ce Verbal raffemble les objets dont on a fait le détail en impugnant le Verbal précédent. Mais il fe trouve quelque chofe de particulier par rapport à celui-ci. On monta pour lors à la chambre du Défunt, on ouvrit l'Armoire qui fervoit à fon ufage, on vifita fes Livres & fes Papiers ; & après les avoir parcourus, le tout fut remis aux Demoifelles Calas, pour l'emporter à leur nouveau logement, fans faire mention dans ce Verbal de ce qu'on avoit trouvé.

L'accusation portoit sur le fondement que Marc-Antoine Calas étoit converti. Il est aisé de conclure qu'on visita ses Papiers & ses Livres, pour voir s'il s'en trouveroit qui eussent rapport à la Religion Catholique, & à son prétendu changement. Il est aisé de conclure aussi qu'il ne se trouva rien de pareil, de-là que ce Procès-verbal n'en fait pas mention. Mais puisque l'Ordonnance oblige d'observer ce qui peut servir pour la décharge, comme ce qui peut servir pour la conviction, pourquoi n'avoir pas fait mention dans ce Verbal de cette visite de Papiers & de Livres, & qu'il ne s'étoit rien trouvé qui eût rapport à la Religion Catholique, qui annonçât que Marc - Antoine Calas se fût converti ? Un nouveau converti n'auroit eu ni des Heures, ni un Chapelet, ni un Crucifix ?

Il a été libellé d'autres nullités contre la Procédure, dans des Requêtes qui ont été fournies: ils sont si simples, & exigent si peu de discussion, qu'on n'en a pas voulu surcharger ce Mémoire, que tant d'autres objets ne le rendront que trop long.

Examen de l'Accusation au Fonds.

„Marc-Antoine Calas a péri de mort violente.
„Il ne s'est pas pendu, dit-on, la chose est im-
„possible; d'ailleurs on l'a entendu criant à neuf
„heures & demie, on m'assassine, on m'étran-
„gle; par conséquent il a péri par des étrangers,
„ou par sa famille. Mais comment des étrangers
„auroient-ils attenté sur lui ? Il est convenu que la
„porte de la maison fut fermée à sept heures un
„quart, & qu'elle l'étroit encore quand Marc-
„Antoine Calas fut trouvé mort à neuf heures &
demie.

,, demie , ou neuf heures trois quarts ; il faut
,, donc que l'attentat ait été commis par sa fa-
,, mille ?

"Il existe d'ailleurs de puissans indices contre
,, ses Parens : il avoit abandonné la Religion Pro-
,, testante ; il devoit faire son abjuration le lende-
,, main. Le Pere a été entendu , menaçant son
,, Fils de lui ôter la vie, ou parlant de la lui
,, ôter. Louis Calas, un des freres de Marc-An-
,, toine, qui s'est converti à la Religion Catholi-
,, que , a été maltraité en haine de son change-
,, ment : il a été forcé de se retirer de la Maison ,
,, il n'y auroit pas eu de sûreté pour lui à y rester
,, ou à y rentrer. Enfin les Prévenus ont dit un
,, mensonge , en prétendant que Marc – Antoine
,, Calas avoit soupé avec eux à sept heures &
,, demie : un Chirurgien ayant été appellé pour
,, ouvrir l'estomac du Défunt , & vérifier les ma-
,, tieres qui s'y trouveroient , il a rapporté que
,, Marc-Antoine Calas n'avoit point mangé de-
,, puis le dîner ou depuis l'après-midi : aussi les
,, Prévenus ne sont-ils pas d'accord entr'eux sur
,, les circonstances de ce soupé.

Tout cela n'est qu'un tissu de fables ou de fausses
conjectures.

Est-il impossible que Marc-Antoine Calas se soit pendu ?

Les Exposans ont rendu à la nature ce qu'ils
devoient : ils ont voulu sauver l'honneur de la
mémoire d'un fils & d'un frere : un intérêt plus important, & dont la Religion leur fait un devoir ,
la conservation de leur vie , leur honneur &
celui de leur Famille leur impose l'affligeante,

D

mais jufte néceffité de ne rien négliger pour ma-
nifefter l'affreux myftere.

Non — feulement il n'eft pas impoffible que
Marc — Antoine Calas fe foit pendu, mais rien
n'eft au contraire plus conftant.

Il faut tenir d'abord pour certain, qu'il *n'a pas
été étranglé*, qu'il eft *mort par fufpenfion*, qu'il eft
mort pendu. Que la Cour & le Public veuillent
bien s'appliquer à l'examen de quelques circonftances fimples ; tous feront bientôt convaincus.

1°. Les Auteurs du Monitoire, fuppofent eux-
même que Marc-Atoine Calas peut avoir péri de
cette maniere, puifque le cinquieme Chef eft dirigé » contre tous ceux qui fçavent que Marc-An-
» toine Calas fut étranglé... *ou* PENDU... qu'il
» fut mis à mort par *fufpenfion* ou torfion.» Cela eft
fuppofé auffi dans les interrogatoires de l'Hôtel de
Ville ; puifqu'il eft demandé à Pierre Calas, « fi
» fa famille n'avoit délibéré de faire mourir Marc-
» Antoine, & s'ils n'avoient exécuté ce projet le 13
» Octobre *en le pendant* ou étranglant. Et les voifins
(*a*) accourus au bruit, en porterent le même jugement à la vûe du Cadavre.

2°. Les Médecins & Chirurgiens, auteurs du premier Verbal, ont dit expreffément, après avoir
examiné l'état extérieur du Cadavre, qu'il étoit
mort fufpendu.

3°. Si Marc-Antoine Calas avoit été étranglé,
l'impreffion de la corde feroit horifontale dans
toute la circonférence du cou : cependant l'impreffion
de la corde n'occupe que la partie antérieure du
cou.

4°. Après avoir parcouru la partie antérieure
du cou, l'impreffion de la corde remonte le long

_____

(*a*) *Les fieurs Delpech & le fieur Brouffe.*

des oreilles, d'où elle aboutit au sommet de la tête. N'est-ce pas le tableau de ceux qui meurent par suspension ?

5°. Dans le même cas que Marc – Antoine Calas auroit été étranglé, le nœud coulant avec lequel il auroit été étranglé, auroit fait une équimose ou meurtrissure au derriere du cou, ou dans quelqu'autre partie du cou : il est déclaré cependant, par les Médecins & les Chirurgiens, qu'il ne se trouva aucune meurtrissure dans aucun endroit de son corps.

6°. De la grosseur dont est la corde, on ne seroit parvenu à étrangler Marc – Antoine Calas qu'en le *billotant*; aussi ceux qui prétendent qu'il a été étranglé, ne manquent pas d'ajoûter qu'il a été *billoté*. Si Marc-Antoine Calas avoit été billoté, la corde se seroit tordue : or la corde a été trouvée *sans torsion*. Dira-t-on qu'elle s'étoit détordue par élasticité, après l'opération ? Cette corde est remise au Greffe de la Cour; il n'y a qu'à la tordre, & voir si elle se rétablit dans son premier état : elle est lâche & molle, par conséquent incapable de cet effet élastique.

7°. Quelqu'un qui a été étranglé, bave encore après sa mort, sa langue déborde les dents & les lévres : il ne s'est trouvé rien de pareil, puisque les Experts n'en ont pas fait mention : Marc-Antoine Calas n'a donc pas été étranglé : il est mort étouffé, & par conséquent il est mort pendu.

8°. Des cheveux se sont trouvés attachés au billot, à l'endroit où la corde étoit roulée : par conséquent le sommet de la tête a frotté contre le billot : cela seul démontreroit que Marc-Antoine Calas est mort pendu. Qu'on se mette en effet la chose sous les yeux, on sera convaincu qu'en bil-

Iant Marc-Antoine, jamais le milieu du billot ne se seroit chargé de cheveux.

9°. Le sieur Calas Pere, le Fils & le sieur Lavaysse, attestent unanimement qu'ils ont trouvé Marc-Antoine Calas pendu. Cette uniformité seule établiroit encore que cet infortuné a péri de cette maniere.

» Ce discours a été concerté, dira-t-on, entre ces » trois Prévenus. »

Pourquoi donc les sieurs Calas & le sieur Lavaysse ont-ils dit au contraire, chacun dans leur interrogatoire d'office, qu'ils avoient trouvé le Cadavre à terre ? Quoi ! ils auront concerté de dire pour leur décharge, que Marc-Antoine Calas étoit mort pendu : & ce qu'ils avoient concerté de dire, c'est ce qu'aucun n'aura dit, & ils auront dit tous le contraire ? Ils se seront appliqués à cacher que Marc-Antoine Calas fût mort de cette maniere, & il y auroit eu une convention entr'eux de supposer ce genre de mort ? Cela répugne trop à la droite raison.

Il faudroit supposer donc que les sieurs Calas & le sieur Lavaysse fils se fussent concertés depuis cet interrogatoire d'office. Mais, premierement, on sçait avec quelle rigueur tous ces Accusés ont été veillés, avec quel soin on a prévenu toute communication entr'eux. Secondement, si cela avoit été convenu entr'eux, avant d'avoir été conduits à l'Hôtel-de-Ville ou depuis, la mere & la servante n'auroient-elles pas été mises de ce concert ? il étoit assez important pour leur salut commun, qu'ils concourussent tous à établir cette vérité. Cependant la mere & la servante ont toujours dit, qu'elles ne sçavoit rien du genre de mort de Marc-Antoine

Calas. C'eſt que le pere, le fils & le ſieur Lavayſſe en avoient fait un myſtere à une mere ;
il falloit ménager ſon cœur : qu'ils en avoient
fait auſſi un myſtere à la ſervante, fille il eſt vrai
religieuſe & fidele, mais elle étoit femme, vieille
& domeſtique : ainſi il étoit mieux que cet horrible ſecret ne lui fût pas révélé. Voilà pourquoi
la mere & la ſervante ont ignoré que Marc-
Antoine Calas fut trouvé pendu. Mais, quoiqu'il en ſoit, cela ne démontre-t'il pas plus clair
que le jour, qu'il n'y a point eu de concert à cet
égard entre le pere & le fils & le ſieur Lavayſſe ;
puiſqu'il ne peut pas être imaginé que la mere
& la ſervante étant compriſes, comme eux, dans
la cauſe, le pere, le fils & le ſieur Lavayſſe,
ne les euſſent pas miſes de cette convention.

 » Mais vous avez dit dans l'interrogatoire d'of-
» fice, que vous aviez trouvé le Cadavre à terre.

On en a expliqué la raiſon ; le pere avoit prié
ſon fils de cacher la maniere funeſte dont Marc-
Antoine Calas étoit mort : le fils accourut chez le
ſieur Cazeing, où il avoit trouvé le ſieur Lavayſſe, & lui avoit fait à ſon tour la même priere.
Quand ils virent qu'on leur imputoit cette mort,
un intérêt plus puiſſant les obligea de mettre à
bas tout déguiſement, & de conter l'horrible
hiſtoire.

 » Il faut s'en tenir, ajoute-t'on, à votre pre-
» mier diſcours.

C'eſt à la vérité qu'il faut s'en tenir. Ce pere,
ce fils, cet étranger ont fait ſans doute une faute
d'avoir déguiſé les choſes dans l'interrogatoire
d'office : quoiqu'une faute qu'a dictée l'humanité mérite bien quelque indulgence : un pere
accuſer ſon fils, un frere ſon frere, un ami ſon

ami avec qui il venoit de fouper ? Mais que la faute foit auffi grande qu'on voudra , eft-il moins certain que fi le *fecond récit* eft le vrai , il faut s'en tenir à ce fecond récit. Or d'un côté, les circonftances qui prouvent que Marc-Antoine Calas eft réellement mort pendu : de l'autre , l'impoffibilité de fuppofer que le pere , le fils & le fieur Lavayffe fe foient conciliés pour ce fujet, démontrent , à n'en pouvoir douter , que ce *fecond récit* eft le feul qui foit vrai.

Il fuffiroit même de fimples préfomptions pour faire prévaloir ce fecond récit : *judex perpendere debet quænam eft magis probabilis* : (*a*) quando conjecturæ effent. (*b*)

De fimples préfomptions fuffiroient donc pour faire prévaloir le récit en queftion.

Or voici deux préfomptions bien puiffantes. Il eft naturel qu'un pere , un frere , un ami aient voulu cacher l'horrible difgrace d'un fils , d'un frere & d'un ami : on ne rifque pas de fe tromper , en jugeant de la conduite des hommes fur les fentimens que la nature infpire : voilà la premiere préfomption. La feconde eft encore plus forte. On fuppofe les Expofans coupables : on prétend les convaincre par la circonftance , que le Cadavre de Marc-Antoine Calas ait été trouvé à terre. Des coupables n'auroient pas été affez imprudens pour décéler ce qui devoit les faire condamner : donc jamais ces prévenus n'auroient dit, s'ils étoient coupables, que le cadavre fut trouvé à terre. Il faut conclure donc de ce qu'ils ont dit dans l'interrogatoire d'office , qu'ils étoient

(*a*) Bornier fur Ranchin in verbo *teftis , art*. 41.
(*b*) Rebuffe *de reprob* teft. n. 145 , *in fine*.

réellement innocens ; mais fi les Expofans font innocens , peut-on ne pas les en croire fur les détails où ils font entrés dans la fuite ?

C'eft trop peu : il eft certain qu'il ne peut point abfolument être pris droit de cet interrogatoire d'office. On a obfervé plus haut la diftinction des Auteurs entre une Inquifition générale , dans laquelle on fuit le crime , avant qu'il y ait aucun prévenu ; & l'Inquifition qui s'appelle fpéciale lorfqu'il y a actuellement un prévenu. Suivant les Auteurs tout ce qui s'eft fait dans cette Inquifition générale eft reputé extrajudiciaire, *non continet formam judicii.* (a) Il eft évident, en effet, qu'il n'y a pas encore d'inftance, puifqu'il n'y a point de partie. Or , fuivant les mêmes Auteurs , même une confeffion formelle du crime ne lie pas, fi elle a été faite extrajudiciairement (b). Il faut que la perfonne aie perféveré dans cette confeffion , après la prévention formée par un Décret , & lorfqu'elle eft interrogée juridiquement fur ce Décret.

Les Témoins même peuvent varier jufqu'au récolement, & le prévenu n'aura pas la liberté de rectifier fes difcours ? Pourquoi le Témoin peut-il varier jufqu'au récolement ? parce que l'inftance ne commence qu'au Décret ; qu'ainfi l'information n'eft pas proprément un Acte judiciaire , que la vraie dépofition judiciaire commence au récolement. Par la même raifon un interrogatoire d'office n'eft pas proprement un Acte judiciaire , & celui qui eft rendu après le

_____

(a) *Balde fur la Loi* 13 , cod. de prob.
(b) *Julius-Clarus en fa Pratiq. Crimin. lib.* 5 , §. *fin. q.* 55 , n. 1 & 2.

Décret a feul ce caractere ; c'eſt donc celui-là
feul qui doit lier , & il eſt permis de changer &
fe réformer juſques alors.

Enfin la Juſtice ne doit pas être un piege : elle
l'auroit été , ſi on pouvoit fe prévaloir contre les
Expofans de ce qu'ils ont dit dans un moment,
où n'étant ni prévenus ni accufés , & n'imaginant
pas qu'il fût queſtion d'eux , ni qu'il pût en être
queſtion , ils durent n'être occupés que de l'honneur d'un fils , d'un frere & d'un ami , & ménager leur difcours relativement à cet objet.

Il doit paffer donc pour certain que Marc-
Antoine Calas eſt réellement mort pendu. D'un
côté , des circonſtances invariables le démontrent :
de l'autre , l'unanimité des prévenus à le foutenir,
tandis qu'il eſt impoſſible de fuppofer qu'ils fe
foient conciliés pour le dire , acheve de mettre
cette vérité dans le plus grand jour.

Mais cet infortuné s'eſt-il pendu lui - même,
ou a-t'il été pendu par d'autres mains ? Qu'on
veuille s'appliquer encore fur quelques circonſtances.

1°. La Relation des Médecins & Chirurgiens,
établit que Marc-Antoine Calas n'avoit fur fon
corps aucunes marques de réfiſtance. La chofe
a été repétée trop fouvent pour qu'elle puiſſe
être ignorée.

Il eſt pareillement certain que fa chemife n'a-
voit rien fouffert , qu'elle n'avoit aucune marque
de défordre. Cette chemife eſt au Greffe , il eſt
aifé de la vérifier encore.

Or un jeune homme de vingt-huit ans, fort &
robuſte, fe feroit-il laiſſé pendre fans réſiſtance ?
l'amour de la vie auroit redoublé fes forces ? le
combat auroit été long & pénible , & il auroit
porté

porté dans son linge & sur son corps, des traces sensibles d'un combat qu'un intérêt si cher auroit rendu si violent & si vif.

2°. Aucun de ceux qu'on accuse n'avoient non plus sur leurs personnes, ni dans leurs vêtemens, aucunes traces de violence & de combat : leurs cheveux même, non plus que ceux du défunt n'étoient pas dérangés. Les Exposans sont en état de le justifier : la Cour en a même la preuve sous sa main : qu'Elle daigne résumer les Témoins qui ont vu dans les premiers momens, & le cadavre & sa famille désolée.

Le fait doit passer même pour certain, de cela seul qu'on ne s'est pas expliqué sur ces circonstances dans le Procès-verbal de descente. La raison en est simple : il est ordonné aux Magistrats de comprendre dans les Procès-verbaux de cette espece, tout ce qui peut servir pour la décharge. Des prevenus ne doivent pas souffrir de ce que le Magistrat a manqué à ce devoir : par conséquent tout ce qu'il a omis de vérifier, de ce qui pouvoit servir à la décharge, doit être tenu pour vérifié.

3°. Un homme n'est pas pendu par un homme seul, il faut le concours de plusieurs personnes : il en faut au moins trois, deux pour retenir & soulever l'infortuné qu'on veut faire périr, un pour placer le billot. La porte aux deux battans de laquelle Marc-Antoine Calas étoit attaché, n'a que cinq pams de largeur. Comment quatre personnes auroient-elles agi, avec des mouvemens violens, dans un espace de cinq pams ?

4°. Si Marc-Antoine Calas avoit été pendu, il auroit été tiré par les jambes, ou poussé par les épaules, pour consommer sa destruction : cela auroit laissé des impressions sur ses jambes ou sur

E

ſes épaules. Il eſt conſtant, par le rapport des
Médecins & Chirurgiens, qu'il ne s'en eſt point
trouvé dans aucune partie de ſon corps : il s'eſt
défait par conſéquent lui-même.

5°. Un pere auroit pendu ſon fils ? une mere,
un frere auroient concouru à cet aſſaſſinat ? cela
ſe feroit fait en haine de la Religion, & une Servante Catholique & pieuſe, qui recevoit ſon Dieu
deux fois la ſemaine, qui avoit eu le bonheur de
le recevoir trois jours auparavant, ſeroit entrée
dans ce complot ? Un jeune Etranger, ami du
défunt, arrivé fortuitement de la veille, & retenu
fortuitement à ſouper, auroit été épris tout à coup
de la même fureur ?

Il faudroit parcourir la Terre, d'un bout à l'autre, pour raſſembler cinq Ames de cette trempe :
& ces cinq Ames ſe feront trouvées dans une maiſon compoſée de cinq perſonnes ſeulement : & ces
cinq Ames ſeront un pere, une mere, un frere,
une ancienne domeſtique & un jeune ami.

Ne dégradons pas la Nature humaine : croyons
que l'Homme n'a pas été formé de la pâte des
Tygres & des Ours. L'homme ſeroit encore pis :
ces animaux, dont la fureur déchire tout, aiment,
conſervent leurs petits ; & leur fureur n'agit jamais plus vivement que quand il eſt queſtion de
les défendre.

6°. Il faut ſuppoſer que ce pere, cette mere,
ce frere, cet ami ont commis cet attentat horrible
avant le ſoupé ou après avoir ſoupé. Eh quoi ! ils
auront ſoupé après ce crime étrange ? ou ils auront commis ce crime ſur un fils, un frere, un
ami après avoir ſoupé avec lui ? Tant de tranquillité un moment avant, ou un moment après avoir
commis un attentat, dont le récit fait horreur!

Non! la chofe n'eft pas poffible : mais l'impoffible
peut-il être cru , & doit-il être cru ?

7°. Cette famille auroit fait attenter fur Marc-
Antoine Calas , dans la rue la plus peuplée de la
Ville, & à l'entrée de la nuit, quand les Citoyens
font encore dans les rues, que les Marchands voifins, étoient encore dans leurs boutiques : comme
s'ils ne pouvoient pas attendre que la nuit fût
avancée , pour l'immoler dans fon lit avec pleine
fûreté ? Et ils auroient choifi , pour le faire périr
à cette heure , un genre de fupplice qui devoit
être précédé d'un long combat, dont il n'auroit
pas été poffible que le bruit ne fe fût répandu au-
dehors.

8°. Après ce double égarement , ce font eux
qui attirent le peuple par leurs mouvemens & par
leurs cris. Et ce qui furprend davantage ceux
qui arrivent , dans ce moment, trouvent fur leur
vifage : quoi ! des traces de fureur ? Non , ils y
trouvent la douleur la plus vraie , la plus naturelle , telle que la devoient reffentir un pere ,
une mere , un frere , des larmes , les plaintes les
plus tendres , le Saint Nom de Dieu mille fois in-
voqué , & cet efpece d'anéantiffement que la nature doit éprouver dans de pareilles circonftances.
Un de ces voifins veut écarter la mere & la tran-
quillifer, elle répond pâle & tremblante : & comment voulez-vous que je me tranquillife ? elle tient
tendrement le cadavre entre fes genoux, & tache
d'y rappeller une vie qui a fui.

9°. Les Prévenus auront eu l'art , la précaution
& le fang-froid de prendre entr'eux la délibération
qui fuit : après avoir immolé ce miférable , nous
refterons tranquilles tant de temps : enfuite nous
poufferons des cris douloureux : on ira pour cher-

cher un Chirurgien ; l'un d'un côté , l'autre d'un autre : le peuple accourra , & nous ferons tellement maîtres de nous-mêmes que notre vifage , tout notre extérieur repréfenteront la douleur la plus naturelle , la plus vraie , la plus fenfible. Ils auront eu l'art, la précaution & le fang-froid d'arranger tout cela : & ils n'auront pas eu celle de convenir de ce qu'ils diroient pour leur décharge , quand ils feroient interpellés en Juftice : car il eft évident qu'on ne peut pas fuppofer que les Prévenus en aient convenu , puifqu'au lieu de dire d'abord que Marc - Antoine Calas étoit mort pendu , ce qui fait leur juftification ; ils dirent dans leur premier Interrogatoire , [par le motif qu'on fçait ,] qu'ils avoient trouvé à terre le cadavre.

10°. Que le fieur Lavayffe & la Servante foient innocens , les gens les plus prévenus n'en doutent point , il feroit trop déraifonnable d'en douter : une fille de fervice , zélée Catholique , fe feroit-elle prêtée pour un meurtre commis en haine d'une Religion à laquelle elle eft tendrement attachée ? un jeune homme fortuitement arrivé de la veille , arrêté fortuitement à fouper , auroit-il été faifi tout-à-coup d'un efprit de fcélérateffe ? Ce jeune homme & cette fervante font donc innocens : la chofe eft certaine.

Mais s'ils font innocens aucun n'eft donc coupable ; puifque le fieur Lavayffe dit n'avoir jamais quitté le pere , la mere & le fils : & que la fille de fervice dit avoir vu Marc-Antoine Calas à table , & avoir entendu enfuite la converfation de la famille , dans la chambre où on s'étoit retiré après le foupé , jufques après neuf heures qu'elle fut furprife par le fommeil.

Gardons-nous de retourner cela pour raisonner ainsi : les Calas font coupables, donc que ce jeune homme dife ne les avoir pas quittés, que cette fille de fervice dife les avoir eus en quelque forte fous les yeux, cela ne doit aboutir qu'à les comprendre dans le fort des premiers & à les condamner avec eux. Ce feroit un renverfement de toute raifon de raifonner ainfi : rien de plus obfcur que le prétendu crime des Calas : l'innocence de la fille de fervice & du jeune homme tiennent au contraire de l'évidence. Ainfi ce feroit partir du point le plus obfcur, pour rejetter ce qui eft clair ; la raifon veut qu'on parte au contraire de ce qui eft clair, pour fe déterminer fur ce qui eft obfcur. C'eft donc de cette maniere qu'il faut raifonner : nous trouvons deux innocens qui le font certainement : donc les autres le font auffi, puifque l'un de ces deux innocens dit ne les avoir jamais quittés, que l'autre les a prefque toujours entendus : & dès qu'en effet le fieur Lavayffe & la fervante font certainement innocens, comment fe refufer à leur témoignage ?

Et fera-t-il permis de le dire, & puiffe la Cour l'excufer en faveur du fentiment qui le fait dire ? A quel propos cette fille de fervice & ce jeune homme fe trouvent-ils au nombre des Prévenus ? quelle preuve contr'eux, quels indices, qui les a nommés, qui les a chargés ? Il femble qu'aucun rôle ne leur pouvoit convenir que celui des Témoins. Alors cette accufation finiffoit dans vingt-quatre heures, ou même elle n'auroit jamais exifté : & cette accufation fera immenfe, interminable, parce qu'ils auront été mis au nombre des Prévenus, non-feulement fans titre, fans preuve, fans indices, mais contre l'évidence, au lieu de les laiffer dans leur vraie fituation.

Mais peut-il être préfumé que Marc-Antoine Calas fe foit défait lui-même ? Il y a tant d'exemples de gens qui fe font défaits eux-mêmes ; il n'y en a peut-être pas un de peres qui aient affaffiné, de fang-froid, leurs enfans. Où trouver fur-tout un exemple qu'un pere, une mere, un frere, fe foient réunis pour cet horrible deffein ; que cela fe foit fait en haine de la Religion, & cependant qu'une fille de fervice, inviolablement attachée à cette Religion, foit entrée dans ce complot ? qu'un jeune étranger, arrivé fortuitement dans la maifon, y ait prêté fes mains ?

Marc-Antoine Calas n'avoit point, dit-on, de peines. Qui le fçait ? Qui peut le fçavoir ? L'abîme du cœur eft impénétrable.

Mais non, les peines de Marc-Antoine Calas n'ont pas été fi cachées. Il avoit défiré d'être Avocat en la Cour ; il avoit perdu l'efpérance de l'être. Alors il fouhaita d'être affocié par fon pere, il le lui fit propofer. Dans l'état de langueur où eft le Commerce ; celui du fieur Calas produifoit à peine de quoi nourrir fa famille ; il fut obligé de refufer fon fils. L'Expofant offre la preuve de ces faits ; c'eft tout ce qui dépend de lui, puifque telle eft la condition déplorable des prévenus, qu'on informe contr'eux fans qu'il leur foit permis d'informer de leur côté : c'eft à la Cour de venir au fecours de l'innocence, en recevant les preuves qui peuvent la faire connoître.

Marc-Antoine Calas étoit donc refufé. Cependant il voyoit de plus jeunes que lui à la tête d'une maifon, tandis qu'il étoit réduit à travailler triftement dans un comptoir. Voilà ce qui a pu mettre le défefpoir dans fon ame.

» Mais trois Témoins, la Demoiſelle Pouche-
» lon, Popis, garçon Paſſementier du ſieur Mai-
» ſon, & la fille de ſervice du ſieur Ducaſſou,
» ont entendu Marc-Antoine Calas criant à neuf
» heures & demie, *au voleur, on m'aſſaſſine, on*
» *m'étrangle.* Trois Freres Tailleurs ont rapporté
» qu'un garçon Perruquier avoit entendu le même
» cri.

On ne ſçait ce qui ſeroit plus ſurprenant, de
l'indiſcrétion de ces Témoins, ou que leur témoignage pût faire quelque impreſſion.

1°. La fille de ſervice des ſieurs Ducaſſou étoit,
dit-elle, dans une chambre du *ſecond étage* de ſa
maiſon, de l'autre côté de rue, occupée à coucher un enfant. Remarquez que cette maiſon de
Ducaſſou n'eſt pas vis-à-vis celle de Calas, mais
un peu à côté. La Demoiſelle Pouchelon & le ſieur
Popis entendent auſſi cela du ſecond étage de
leur maiſon, étant, diſent-ils, à la fenêtre.

Cela ne ſe détruit-il pas par lui-même? Quoi!
une voix, partie du rez-de-chauſſée d'une
maiſon exactement fermée, pénétre dans la rue,
s'éleve au ſecond étage d'une maiſon, de l'autre
côté de rue, pénétre dans cette maiſon fermée,
& y arrive aſſez forte, aſſez articulée pour
qu'une fille de ſervice, actuellement occupée à
coucher un enfant, entende diſtinctement les mots,
au voleur, on m'aſſaſſine, on m'étrangle.

Il eſt tout auſſi impoſſible que cette voix, déja
affoiblie en pénétrant à travers les fenêtres & les
murs, ſe fût élévée aſſez nette pour qu'elle eût été
entendue diſtinctement, même des fenêtres des
ſeconds étages de ces maiſons voiſines.

Si on n'étoit pas aſſez convaincu que cela eſt
impoſſible, qu'on veuille au moins en faire l'expérience : la vie des hommes eſt aſſez précieuſe

pour ne rien donner au hasard ; combien plus
quand il est question du salut de trois familles.
Une vie dépendra de sçavoir si un fait est possible : rien ne sera plus facile que de s'assurer si
ce fait est possible, & on négligeroit le moyen
de s'en assurer ; ce seroit être aussi dur qu'on
suppose que les Calas l'ont été.

L'expérience est simple. Introduisez la voix
la plus ferme dans la boutique ou le magasin
d'où l'on suppose que cette voix est partie, fer-
mez portes & fenêtres ; que d'autres se placent
dans cette chambre où la fille de service de Du-
cassou étoit occupée à coucher un enfant, & aux
fenêtres du second étage de la Demoiselle Pouchelon & du sieur Popis ; qu'on essaye si ces
gens postés distinguéront ce que prononcera la
voix qui partira de la boutique & du magasin.
Il est aisé de comprendre qu'il y a du désavan-
tage dans cette expérience, parce que la voix
sera attendue par des gens disposés exprès pour
l'entendre : mais avec cela même, il est certain qu'on ne distinguera rien. Ces trois dépositions se détruisent donc par l'impossibilité abso-
lue de la chose.

2°. Il est invinciblement établi que Marc-Antoine Calas étoit mort depuis long-temps à neuf
heures & demie, à laquelle heure ces Témoins se
rapportent.

Suivant le sieur Gorce, on est allé le chercher
vers les neuf heures & demie : il arrive, & il
trouve le corps froid.

Le sieur Delpech cadet & le sieur Brousse heur-
tent, attirés par les plaintes qui se faisoient
entendre dans la Maison : ils entrent avant le
sieur Gorce qui arrive après eux, ce qui démontre que c'étoit vers neuf heures & demie,

&

& ils rapportent que le Corps étoit tellement froid, que la bouche fe réfermoit comme un reſſort. Caffecure le trouve froid à la même heure.

Une Demoiſelle du côté de Saint Rome & Sans Eſtellé, apprennent à la même heure de la bouche de Pierre Calas ſortant de ſa maiſon, que ſon frere étoit mort.

Eſpaillac, Garçon Perruquier, & Mirande Tailleur entendent enfin à la même heure les plaintes de cette famille.

Ainſi à neuf heures & demie, Marc-Antoine Calas étoit mort depuis long-temps & on l'aura entendu ſe plaindre à cette heure ? on l'aura entendu crier au Voleur, on m'aſſaſſine, on m'étrangle ? Et comment ces trois perſonnes n'auroit-elles pas volé de ſuite pour enfoncer portes, boutique & magaſin, & répandre l'allarme ?

3°. La dépoſition de ces trois imprudens ſe détruit encore par les témoins ſi nombreux, (a) qui dépoſent avoir entendu à cette heure préciſément les pleurs, les régrets & les cris de cette Famille déſolée. Quoi! ces trois ont entendu Marc-Antoine crier qu'on l'aſſaſſine, à l'heure & au moment que la Famille pleure actuellement, ſelon tous les autres, ſur la mort de cet infortuné.

4°. Pour augmenter l'horreur que cela fait naître : à côté de ce Popis, Garçon Paſſementier du ſieur Maiſon, à la même fenêtre, au même inſtant, étoit un autre Garçon Paſſementier, ſon camarade, qui a entendu; quoi ! une voix qui s'éleve de la boutique, & paſſe de-là dans le courroir, criant ah mon Dieu! ah mon Dieu! Ainſi l'un entend au voleur, on m'aſſaſſine, on m'étrangle : l'autre entend ſeulement ! ah mon Dieu ! ah mon Dieu.

[a] Tous les témoins ci-deſſus : &. . . . . . .

F

Et qui ne reconnoît dans la marche que ce fecond Garçon fait faire à la voix, & au ton lamentable qu'il rapporte, le fait expofé par Pierre Calas, qu'il fe précipita en arriere à la vûe de fon frere, mort entre le Magafin & la Boutique, & vola dans le courroir pour aller appeller fon Pere, criant dans fa courfe & répetant fans cesse! ah mon Dieu! ah mon Dieu!

» Mais peut-on fe difpenfer d'en croire à des » témoins? » Croyons en un grand Orateur, qui fut en même-temps un fi grand Magiftrat. » Oui, » dit-il, le Magiftrat peut ne pas en croire aux » témoins, & fouvent il le doit : car s'il faut en » croire aveuglement les témoins, il fera donc » indifférent d'avoir des Juges fages & éclairés, ou » qui ne le foient pas, puifque ce ne fera alors » qu'un fimple miniftere des oreilles, dont les uns » & les autres font également capables. Et fi cela » eft, ajoûte-t-il, l'innocence la plus pure ne » fera pas en fûreté. » Il feroit difficile d'égaler l'énergie des expreffions de ce grand'homme : (a)

(a) *At hoc Galli negant* [c'étoit les témoins] *at ratio rerum & vis argumentorum coaiguit. Poteft igitur teftibus judex non credere? Non folum poteft, fed etiam debet. Etenim fi quia Galli dicunt, idcirco M. Fonteius nocens exiftimandus eft quid mihi opus eft fapiente judice.. Hic, fi ingeniofi & periti & æqui judicis has partes effe exiftimatis, ut quoniam quidem teftes dicunt fine ulla dubitatione credendum fit, falus ipfa virorum fortium innocentiam tueri non poteft. Sin autem in rebus judicandis, non minimam partem ad unamquamque rem æftimandam, momentoque fuo ponderandam fapientia judicis tenet, videte ne multo veftræ majores graviorefque partes fint ad cogitandum, quam ad dicendum meæ .... Quamobrem, fi hoc, judices, præfcriptum lege aut officio putatis teftibus credere: nihil eft cur alius alio judice melior, aut fapientior exiftimetur. Unum eft enim & fimplex aurium judicium : & promifcue & communiter ftultis ac fapientibus ab natura datum. Quid eft igitur ubi elucere poffit prudentia? Ubi difcerni ftultus auditor & credulus ab religiofo & fapienti judice; nimicum in quo, ea quæ dicuntur ab teftibus conjecturæ & cogitationi, traduntur. Cicero pro Fonteio, n. 6.*

croyons-en aū moins à la Loi ; » il faut examiner
» diligemment , dit-elle , quelle foi méritent les
» témoins. Et elle exige pour premiere circonftance
qu'ils ne fe contredifent pas les uns les autres. (a)

Ecartons donc pour jamais ces trois miférables
dépofitions.

A l'égard des trois Freres Tailleurs , qui ont dit
leur avoir été rapporté par Efpaillac , que paffant
devant la porte des Expofans , il avoit diftingué
la voix & des cris de Marc-Antoine Calas.

1°. N'eft-il pas connu , que des témoignages
d'un oui-dire ne font pas foi ?

2°. Efpaillac a été oui en témoin , il a été ré-
colé & confronté ; fa dépofition dans laquelle il
parle fimplement des lamentations de la Famille,
détruit bien ce que ces trois Freres Tailleurs lui
ont attribué.

3°. Suppofons fi on veut , qu'Efpaillac ait dit
cela à ces trois Freres Tailleurs : il eft de regle
que ce qu'un Témoin [b] dépofe après qu'il a été
affigné en témoin , prévaut à ce qu'il pourroit
avoir dit hors Jugement. Les Auteurs n'ont là-
deffus qu'une voix.

C'eft une maladie invétérée des hommes d'aimer
à faire & entendre des contes. Lorfque fur-tout
une affaire extraordinaire a mis une Ville en mouvement , combien de gens forgent des faits & fe
plaifent à les répandre ? Et quelle affaire a jamais fourni plus de preuves de cette maladie des
hommes ? Que n'a-t-il pas été dit ? Que na- -il
pas été répandu depuis la malheureufe époque du
13 Octobre ? Tout cela a dû avoir un Auteur , &
tout cela eft tombé de foi , parce que c'étoient des

(a) L. 3. ff. de Teft.
[b] Rambin in verbo Teftis , art. 41.

suppositions de gens oisifs, avides de conter, ou de s'en faire accroire.

Ainsi l'indiscrette supposition qu'il ait été entendu des cris de Marc-Antoine Calas doit être rejettée pour jamais ; rien ne peut donc ébranler cette vérité, qu'il est réellement mort pendu, & qu'il s'est pendu lui-même.

Mais les Exposans ont-ils besoin de *justifier* que Marc-Antoine Calas s'est pendu ? il suffit évidemment pour leur décharge que cela soit possible : car sur quoi pourroient-ils être condamnés, s'il est possible que Marc-Antoine Calas se soit défait lui-même ?

C'est ici que l'illusion est au comble : " il n'est " pas possible, prétend-t-on, que Marc-Antoine " Calas soit mort pendu, ni qu'il se soit pendu.

Par quels Experts a-t-on fait vérifier que la chose ne fût pas possible ? Il ne faut pas aller chercher loin la porte aux deux battans de laquelle les Exposans soutiennent l'avoir trouvé pendu, & la corde & le billot qu'ils disent avoir servi d'instrument à cette mort : il falloit faire vérifier par des Experts s'il étoit possible de se pendre ou non à cette porte, avec cette corde & ce billot.

La Cour voudroit-elle juger, & prendroit-elle sur elle de juger d'une prétendue impossibilité physique, & décider là-dessus de la vie de cinq personnes, & de l'honneur de trois familles ? S'il falloit juger du confront le moins important : en vain on lui présenteroit mille combinaisons physiques pour en fixer la situation ; elle répondroit qu'il faut porter ces combinaisons physiques devant des Experts, elle renverroit en conséquence à des Experts : & elle jugeroit sur de prétendues combinaisons physiques, qu'il n'est pas possible que Marc-Antoine Calas se soit pendu ?

non, la Cour ne le voudra pas : & quoique fes lumieres embraffent tout, elle fe dira qu'elle eft
dans l'ufage de ne pas les appliquer fur ces fortes
d'objets, qu'elle eft dans l'ufage de s'en remettre
à des Experts. *Ad quaftionem Juris refpondent Judices, ad quaftionem facti refpondent Juratores.*

Etoit-il même néceffaire d'employer des Experts ? on a poffédé fi long-temps le Cadavre de
Marc-Antoine Calas : on avoit fçu le faire emporter à l'Hôtel-de-Ville, il n'en coûtoit pas plus
de le rapporter. C'étoit un moyen fûr de connoître ce qui en étoit. On auroit imité l'opération, telle que les Prévenus l'ont dépeinte : paffer
au cou les deux nœuds, faire deux tours au tour
du billot : rapprocher les deux battans de la porte,
placer le billot, fufpendre le cadavre. Quoi ! on
dira froidement : il n'eft pas poffible que Marc-
Antoine Calas fe foit fufpendu, après avoir négligé un moyen fi prompt & fi facile de s'affurer
fi la chofe n'étoit pas poffible.

Il faut rapporter à la Cour un fait certain : le
lendemain de l'événement tragique du 13 Octobre,
avant que la corde & le billot euffent été em-
portés à l'Hôtel-de-Ville, des jeunes gens curieux
firent l'expérience dont il s'agit ici : ils placent le
bilot, fe fufpendent des mains à la corde : ils font
dans cet état les mouvemens les plus vifs, & les
battans & le billot refterent fermes à leur place :
les Soldats qui étoient confignés dans le magafin
en furent Témoins, ils rapporterent qu'ils avoient
déjà fait la même expérience.

C'eft par des remarques frivoles qu'on a prétendu que Marc-Antoine Calas n'avoit pas pû fe
pendre. » La porte eft trop haute, dit-on, elle
» a neuf pams. Il auroit fallu pour s'élever une
» chaife ou un efcabeau.

» La porte eſt encore trop large pour que le
» billot pût être aſſis ſur les deux battans : elle a
» cinq pams de largeur , le billot n'en a que quatre
» & demi.

» Si on rapproche les deux battans , ils n'auront
» aucune ſtabilité, ainſi l'action n'auroit pas pû ſe
» conſommer.

» En rapprochant auſſi ces deux battans, il n'au-
» roit pas reſté aſſez d'eſpace pour recevoir le
» corps.

» Un billot rond auroit gliſſé ſur ces deux bat-
» tans ; il auroit laiſſé au moins quelque em-
» preinte.

» Le billot auroit encore dérangé les bouts de
» ficelle, qui étoient ſur les deux battans.

» Enfin après que Marc-Antoine Calas ſe feroit
» lancé, il n'auroit pas tardé à ſe repentir, &
» ſe reprendre au billot qui le ſuſpendoit.

L'art malheureux de ſemer des doutes ne peut
pas aller plus loin : au lieu d'être ſi habile à
douter , il falloit aller au but & s'éclaicir par des
expériences.

Cela ſuffiroit pour abbattre toutes ces illuſions:
il faut pourtant les parcourir.

„ La porte eſt trop haute : il auroit fallu pour
„ s'élever une chaiſe ou un eſcabeau.

Premierement il y avoit dans la boutique dix ou
douze chaiſes. On ſuppoſe apparemment que lors
de la deſcente des Capitouls , ils n'en trouverent
point auprès de la porte. Leur Verbal, dit-on,
n'en porte rien : d'ailleurs, tant de gens avoient
paſſé là avant eux , cette chaiſe auroit pû être dé-
placée. Marc-Antoine Calas pouvoit encore l'avoir
pouſſée du pied avant de ſe laiſſer aller : la boutique eſt parquetée : d'un coup de pied une chaiſe
roule d'un bout à l'autre.

Secondement, la porte est composée de barreaux jusques vers le milieu : quand les battans
de cette porte sont ouverts, ils ne joignent pas
le mur, ils en sont distans, de chaque côté, d'environ quatre travers de doigt, & les gonds sur
lesquels ils jouent débordent dans cette espace ;
ainsi Marc-Antoine Calas a pu s'accrocher d'une
main aux barreaux, placer les pieds à droite &
à gauche sur les gonds, se soulever par ce moyen,
placer le billot & se laisser aller.

» La porte est trop large pour que le billot pût
» se placer sur les deux battans.

Le billot a quatre pams & demi, la porte en
a cinq. Rapprochez les deux battans de deux pouces & demi de chaque côté, c'est tout ce qu'il
faut pour appuyer ce billot.

» Mais alors les deux battans n'auront aucune
» stabilité.

C'est alors au contraire qu'ils en ont, parce
que la porte touche en cet endroit à terre, ce qui
la rend dure à fermer.

» Il n'auroit pas resté un assez grand espace
» pour recevoir le corps.

Premierement il y a ici une équivoque : en
rapprochant les deux battans de la porte, l'embouchure de la porte est seule resserrée : l'extérieur ou ouverture de la porte conserve sa largeur de cinq pams. Or le corps n'a pas été trouvé dans l'embouchure de la porte, c'est dans
l'ouverture, dans l'extérieur : la chose ne peut
pas même être autrement, rapprochez les deux
battans d'une porte, appuyez un billot à ces deux
battans, suspendez un corps à ce billot, ce corps
sera nécessairement dans l'extérieur ou ouverture
de la porte.

Mais secondement, un espace de quatre pams,

& demi ne fuffifoit-il pas pour recevoir Marc-Antoine Calas, dépouillé fur-tout de fes habits, qu'il avoit eu foin de quitter ?

» Le billot qui eft rond auroit gliffé fur les » deux battans ; d'autant mieux qu'ayant perdu » leur aplomb, leurs extrêmités fupérieures font » en plan incliné.

Cette inclinaifon n'eft pas peut-être de deux lignes à prendre fur toute la largeur de la porte ; cela ne fait pas un cinquantiéme de ligne pour l'endroit où le billot appuyoit : une inclinaifon d'un cinquantieme de ligne pouvoit-elle rien produire? De plus, le billot étoit applati par un bout : il étoit affujetti par le poids du corps : il pouvoit être encore retenu par les bouts de ficelle qui étoient fur un des battans.

Que la Cour daigne fe rappeller l'expérience dont il vient d'être parlé : les battans & le billot refterent fermes à leur place, malgré les mouvemens les plus violens, que fe donnerent ces jeunes gens & ces Soldats de garde, qui s'étoient fufpendus des mains à la porte.

L'état d'un homme fufpendu par le cou eft même bien different : on a confulté les perfonnes de l'art ; la Cour daigniera fans doute auffi les confulter. Ils ont répondu, ce font les termes: » qu'au » moment qu'un homme eft fufpendu par le cou, » la corde preffant la trachée artere, les carotides » & les veines jugulaires, cet homme eft abfolu» ment perclus de fes fens. Ils en donnent deux » raifons. D'un côté le fang qui eft porté à la tête » ne pouvant pas en revenir, produit dans le cer» veau un engorgement fubit : le cerveau fe trouve » perclus par ce défaut de circulation, & de-là la » perte de tous les fens, parce que le cerveau eft » le moteur de tous les organes. De l'autre la ref-

» piration étant interceptée, la circulation ne se
» fait plus dans les poumons, par la cessation de
» l'entrée & de la sortie alternative de l'air : la
» circulation anéantie dans les poumons doit l'être
» nécessairement dans tout le corps: & de là encore
» la perte nécessaire de tous les sens.

„ Qu'on ne pense point, continuent ces hommes éclairés, "que ce soit l'affaire de quelques
„ minutes ; l'instant même dans lequel le retour
„ & la circulation du sang sont empêchés, est
„ celui de la perte de tous les sens : l'effet est
„ le même que celui d'une violente apoplexie, ou
„ celui que produit l'eau sur un noyé.

„ Il s'ensuit de - là, concluent - ils, qu'un tel
„ homme ne fait plus de mouvement déterminé
„ par la volonté, puisqu'il est privé de l'usage
„ des sens ; que la machine seule peut faire quel-
„ ques mouvemens animaux, mais très-foibles par
„ la même raison, & qui ne durent que très-peu.
„ Un tel homme peut être sauvé, il est vrai,
„ s'il est secouru, & qu'on ôte à temps la cause
„ qui intercepte le cours du sang & la respira-
„ tion ; mais il n'est pas moins perclus des sens
„ dans le premier moment qu'il est suspendu.

„ Outre cela, disent - ils, le corps manquant
„ de point d'appui, on ne pourroit exécuter que
„ des mouvemens lateraux, dont l'effort ne se por-
„ teroit presque point sur le bâton auquel le corps
„ est suspendu.

Ne soyons donc pas surpris que le billot n'ait
pas roulé : assujetti tout à la fois par un bout applati, par le poids d'un corps privé de l'usage des
sens ; & pouvant encore avoir été retenu par les
bouts de ficelle qui étoient sur un des battans. Le
sieur Calas père a d'ailleurs exposé dans son interrogatoire au Palais, que les deux battans de

G

la porte étoient garnis de rideaux dans toute la
hauteur des barreaux , & qu'en relevant ces rideaux fur les deux battans, cela auroit empêché
que le billot roulât & l'auroit affujetti.

„ Si le billot avoit été arrêté par les bouts
„ de ficelle , ce frottement & cette action au-
„ roient dérangé, dit-on, ces bouts de ficelle.

Il eft difficile de comprendre cette infiftance.
Eft-ce que ces bouts de ficelle étoient rangés fur
la porte méthodiquement ? Quand on avoit be-
foin d'un bout , & qu'on le prenoit, les autres
fuivoient en grande partie , & on les remettoit
fur le batan fans obferver aucun ordre & fans aucune précaution.

Si l'on difoit d'ailleurs que le billot eût été retenu par ces bouts de ficelle feulement , on pourroit prétendre qu'il auroit dû agir fur ces bouts de
ficelle : mais on dit qu'il a été retenu tout enfem-
ble par le bout applati , & par le poids du corps :
ces deux autres caufes doivent avoir laiffé fi peu
à faire aux bouts de ficelle, que le billot aura
agi trop foiblement fur ces bouts pour y caufer le
moindre dérangement.

„ Le billot étant rond & de buis auroit fait
„ quelque impreffion fur les deux battans.

Des gens qui prétendent l'avoir vu , ont affuré
qu'on y appercevoit en effet cette empreinte. La
porte eft d'autre part d'un bois fort dur , & le
billot devoit appuyer principalement du coté applati. Pour fuppofer enfin une grande preffion, il
faut fuppofer de grands mouvemens , contre la
décifion phyfique des maîtres de l'art.

„ Marc-Antoine Calas fe feroit repris au billot
„ qui le fufpendoit.

Il s'enfuivroit de là , que perfonne ne fe feroit
jamais pendu. On vient de voir avec les Maîtres

de l'Art, qu'un tel homme est privé, au premier moment, de l'usage de ses sens.

On a prétendu trouver quelques nuages sur ce sujet dans les interrogatoires des Prévenus.

,, Le Pere interrogé, dans l'interrogatoire d'of-,, fice, qui avoit coupé la corde, a répondu ne pas ,, sçavoir si le sieur Lavaysse ou son fils l'avoit ,, coupée. Il suppose par-là que le sieur Lavays-,, se étoit présent quand le corps fut dépendu : & ,, le sieur Lavaysse a dit qu'il ne l'étoit pas. Il ,, suppose que son fils avoit été à portée du corps: ,, & le fils a dit qu'il étoit derriere son pere à une ,, certaine distance. Il suppose que la corde avoit ,, été coupée : & Pierre Calas a dit qu'elle ne ,, l'avoit pas été, & cela s'est trouvé vrai. Voilà ,, des contradictions, voilà un faux.

Non, il n'y a point de faux de la part du Sr. Calas, & cela ne fait point une contradiction en-tre les autres & lui; puisqu'il ne dit pas que cela fût réellement, qu'il fait seulement une conjec-ture & un jugement à l'occasion d'une demande du Magistrat, qui l'interrogeoit. Dans le trouble dont le sieur Calas étoit atteint, qui devoit égarer son esprit & sa raison, porter dans ses sens l'é-branlement le plus violent, il est aisé de croire qu'il étoit hors d'état de rien voir, de rien ap-percevoir : de voir si le sieur Lavaysse suivoit, si son fils approchoit, si quelqu'un coupoit la corde. Mais sur ce que le corps suivit quand il se fut jetté dessus avec le transport dont un pere doit être agité dans une pareille occasion ; il juge, pour répondre au Magistrat qui l'interroge, que quelqu'un devoit avoir coupé la corde : & sur ce qu'il juge que quelqu'un devoit avoir coupé la corde, il forme cet autre jugement que ce devoit être le sieur Lavaysse ou son fils. Pour répondre

enfin au Magistrat qui l'interroge, il faut, se dit-il
à lui-même, le corps ayant suivi si facilement,
que la corde ait été coupée : & par qui coupée ?
Ce ne peut être que par le sieur Lavaysse, ou par
mon fils.

On n'a donc pû dire au sieur Calas quand il parla ainsi, sinon qu'il se trompoit dans l'un & l'autre de ces jugemens, que sa conjecture étoit faus-
se : que la corde n'avoit pas été coupée, même
que le sieur Lavaysse n'étoit pas présent, & que
son fils étoit éloigné. Voilà tout ce qu'on a pu
lui dire ; mais il reste que ce n'étoit ni un faux de
sa part, ni une contradiction entre les autres & lui,
puisqu'il n'a pas dit que cela fût, que c'étoit de sa
part une simple conjecture & un jugement.

Il n'étoit pas nécessaire en effet que la corde
fût coupée : le billot n'étant point assujetti, il suf-
fisoit de soulever & tirer à soi le corps, ou le faire
pencher en avant.

Et du reste, comme c'étoit le sieur Lavaysse
avec son fils, qui l'avoient attiré par leurs cris,
le Sr. Calas pouvoit croire, & il devoit le croire,
qu'ils l'avoient suivi l'un & l'autre.

On a voulu prendre encore avantage, de ce
que le sieur Calas fils n'a point sçu dans son premier interrogatoire, »si la corde qui a servi
»d'instrument à la mort de Marc-Antoine Calas
»étoit simple ou double.

Le sieur Calas fils a expliqué cela si ingénu-
ment. Il apperçoit son frere pendu, il court
appeller son pere ; le pere descend, s'approche,
enleve le corps. Le sieur Calas fils, qui a d'ailleurs la vue basse, avoit resté derriere, saisi de
l'horreur de ce triste spectacle. Il vole de suite
chez un Chirurgien, de-là chez le sieur Cazeing ;
il revient & trouve sa maison inondée d'Officiers
de Justice. Dans quel moment sera-t'il entré en

connoiffance fi la corde étoit fimple ou double? Une famille défolée va-t'elle examiner les cir- conftances & les détails d'un cas abominable, avec la froide curiofité d'un étranger?

On releve auffi que le fieur Lavayffe a dit au Palais, que le Corps de Marc-Antoine Calas étoit directement fous le ceintre de la porte. L'uni- formité du pere & du fils, qui expliquent que le corps étoit fufpendu à un billot placé entre les deux battans, démontre que le Corps étoit fufpendu réellement de cette maniere; puifqu'il n'eft pas poffible, ainfi qu'on l'a prouvé, que ces deux prévenus fe foient conciliés, à cet égard, avant ni depuis la prifon; que s'ils s'étoient con- ciliés pour cela, ils n'auroient pas manqué de mettre de cet accord le fieur Lavayffe.

Mais il eft fi aifé d'expliquer ce mot de ce jeune homme. Les deux battans étoient rappro- chés: le Corps étoit fufpendu à un billot appuyé fur ces deux battans. De cette maniere le Corps étant placé dans l'ouverture de la porte, ce jeune homme a pu croire aifément que ce Corps placé dans l'ou- verture de la porte, qui par conféquent appro- choit de fi près le ceintre, étoit directement fous ce ceintre. Il faut d'ailleurs fe fouvenir que ce jeune homme n'a vu le Corps que d'un regard & ne s'en approcha pas: il n'eut pas plutôt mis le pied dans la boutique avec Pierre Calas, qu'il recula épouvanté pour aller appeller le pere.

Outre cela nous ne jugeons de la fitua- tion des objets, que par comparaifon avec les objets qui les environnent. Ainfi le magafin n'é- tant pas éclairé, ce jeune homme a été dans l'im- poffibilité de juger fi le Corps étoit directement fous le ceintre de la porte, ou s'il n'étoit pas un peü avancé dans le magafin : & tout ce qu'on peut induire de ce qu'il a dit, eft que le Corps de Marc-Antoine Calas lui parut être directement au-deffoùs du ceintre de la porte, & non qu'il l'étoit en effet.

On a enfin objecté à Pierre Calas, qu'il a dit que les pieds de fon frere touchoient prefque à terre. Suivez - nous, ont dit les Capitouls, dans le compte que nous allons faire ; il en réfulte que le Corps devoit être à deux pans du fol.

Ah ! pouvoit répondre Pierre Calas, j'entre & vois mon frere fufpendu à la porte, & je recule avec horreur. Sur neuf pans de hauteur de cette porte vous avouez que le Corps en devoit occuper fept : j'ai dit en cet état qu'il touchoit prefque à terre, & je fuis inquiettélà-deffus ? Qui n'auroit parlé comme moi dans la même fituation ? Le Corps eft à deux pans de la terre, il eft élevé au - deffus de fept : oui, j'ai dû dire en cet état qu'il touchoit prefque à terre. Croyezvous que mon efprit fe foit occupé de mefures géométriques dans un moment auffi violent ?

On eft parti d'ailleurs, dans cette objection, d'un calcul arbitraire & manifeftement faux. On a fuppofé que le Corps de Marc-Antoine Calas avoit de hauteur cinq pieds quatre pouces & cinq lignes ; que la corde avec laquelle il fut fufpendu avoit un nœud coulant à chaque bout, que ces deux nœuds étoient paffés au tour du col ; que la longueur de la corde d'un nœud à l'autre étoit de cinq pans quatre pouces, & que diftraction faite de la partie de cette corde qui étoit au tour du col, & de celle qui étoit roulée au tour du billot, le furplus de cette corde doublée ne devoit avoir qu'un pan. De tout cela on a conclu , que des neuf pans de hauteur qu'a la porte, le corps n'en devoit occuper que fept, qu'ainfi il devoit être élevé de deux pans au-deſſus du fol.

Quand on admettroit toutes ces fuppofitions le mécompte feroit évident. En effet, le Corps ayant cinq pieds quatre pouces & cinq lignes , cela fait huit pans & demi pouce, non comme l'Hôtel-de-Ville l'a fuppofé fept pans feulement, cinq pouces quelque ligne. Suppofons, avec les Capitouls, que diftraction faite de la tête & ne comptant que depuis le nœud coulant de la corde , il ne reſtât de cette hauteur que fept pans ; il faudra ajouter à ces fept pans celui qu'avoit la corde doublée, depuis le col jufqu'au billot , ce qui reviendroit à huit pans. Ainfi la hauteur de la porte n'étant que de neuf pans , le Corps de Calas fufpen-du ne fe feroit trouvé qu'à un pan de diftance au-deſſus du fol. Encore même faudroit-il fuppo-fer que les pieds n'étoient pas roidis , comme ils le font toujours dans les corps de ceux qui meurent fuf-pendus, ce qui le rapprochoit du fol au moins de trois pouces. On doit auffi confiderer , que le fieur Pierre Calas voyant les pieds de fon frere de haut en bas , ils ont dû lui paroitre plus rapprochés de la terre.

La plûpart de ces fuppofitions font d'ailleurs très-gratuités. 1°. Il n'y a point de preuve que les deux nœuds coulans fuffent paffés au tour du col ; les Capitouls ont même fuppofé dans le Mo-nitoire , que l'un de ces nœuds ne fervoit qu'à at-tacher la corde au billot. 2°. La groffeur ordinai-re du col des hommes eſt de dix ou onze pouces de tour , le col n'étant pas preffé ; ce qui doit di-minuer au moins d'un pouce , lorfqu'il eſt preffé & ferré par une corde. Ainfi la corde dont Calas

fut fufpendu, ayant cinq pams quatre pouces d'un
nœud à l'autre ; quand ces deux nœuds coulans
auroient été paffés au tour du col, il auroit refté
trois pams de corde ; & en rétranchant de cette
longueur quatre pams pour la rouler au tour du
billot, il auroit encore refté deux pams & demi; de
maniere que ce refte de corde étant doublé auroit
encore été de dix pouces. 3°. Depuis la racine des
cheveux où devoit fe terminer le nœud coulant,
jufqu'au fommet de la tête, il ne pouvoit y avoir
qu'environ fix pouces : ainfi en fouftraifant d'un côté fix pouces , de huit pams & cinq pouces
qu'avoit le défunt , & ajoutant d'un autre côté les dix pouces qu'avoit la corde doublée , depuis la racine des cheveux jufqu'au billot , on trou-
vera que le corps touchoit en effet prefqu'à
terre comme l'a dit Pierre Calas.

Cette objection qui a été faite à Pierre Calas,
ne fert donc qu'à mettre dans le plus grand jour
la verité de ce qu'il a dit ; car enfin lorfque Pierre
Calas a dit que les pieds de fon malheureux frere
touchoient prefqu'à terre , il n'avoit mefuré ni
la hauteur du corps de fon frere , ni celle de la
porte. Ce font les Capitouls qui ont pris ou fait
prendre ces mefures, & puifqu'elles cadrent exactement avec ce qu'il a avoué, c'eft la preuve la plus
parfaite qu'on puiffe defirer , qu'il n'a dit que la
vérité , & qu'en effet fon malheureux frere fut trouvé pendu de la maniere qu'il l'a déclaré.

Mais encore la méthode feroit bien étrange ?
fuppofons pour un inftant , que toutes ces critiques
prétendues fuffent auffi folides qu'elles le font peu,
elles ne formeroient que de préfomptions. Or des
preuves évidentes , & l'impoffibilité de fuppofer
que les Prévenus fe foient conciliés fur ce fujet, démontrent que Marc-Antoine Calas eft réellement
mort

mort pendu ; des préfomptions détruiroient-elles
ce qui eft formellement établi ?

Tenons donc pour certain, que Marc-Antoine
Calas eft mort pendu, & qu'il s'eft pendu lui-même.

Des Etrangers n'auroient-ils pas pu donner la mort à Marc-Antoine Calas.

Il eft convenu, dit-on, que la porte de la maifon fut fermée à 7. heures un quart, & elle l'étoit
encore lorfque le fieur Lavayfie fortit à neuf heures
& demie.

Mais des affaffins ne pouvoient-ils pas s'être
cachés quelque part dans la maifon, avoir fait le
coup, & avoir tiré la porte après eux en fe reti-
rant : car les Prévenus n'ont jamais dit, & il ne
leur a été jamais oppofé que la porte eût été fermée à verrouil à fept heures & demie, ou qu'elle
fut fermée à verrouil quand le fieur Lavaiffe fortit.
Elle fe ferme avec un loquet à reffort ; on ne tiroit
le verrouil que quand on alloit fe coucher.

Suivant les trois imprudens qui ont dépofé avoir
entendu crier au meurtre, la voix qu'ils difent avoir
entendue crioit au voleur : l'attentat n'auroit donc
pas été commis par les Parens, & cela indique-
roit une violence étrangere.

C'eft le lieu d'examiner les indices qui font an-
noncés plus-haut.

PREMIER INDICE.

*Marc-Antoine Calas avoit rénoncé à la Reli-
gion Proteftante, pour embraffer la Foi
Catholique ; il devoit communier & faire
fon Abjuration le lendemain.*

A la honte de ce fiecle, on dit pour appuyer

H

cet indice que la Religion Proteſtante permet ɔ̀ autoriſe le meurtre des enfans par les Peres ; que Calvin l'a ainſi enſeigné dans ſes Inſtitutions Chrétiennes ; que c'eſt la Doctrine de Généve, qu'on l'a prêché dans le bas Languedoc. Ce n'eſt pas la Cour qui a cette penſée, elle eſt trop éclairée: ce ne ſont pas non plus les gens inſtruits, mais un peuple prévenu le publie avec châleur.

L'Europe apprenant ceci croira que nous ſommes redevenus Barbares. Eh quoi après 250. ans, nous en ſommes encore à ſçavoir, quels Points diviſent Calvin d'avec nous. Son Inſtitution Chrétienne qui a fait le fondement de ſa prétendue Réformie, parut en 1536. La Sorbonne aſſemblée en fit la Cenſure le 18. Janvier 1542 : cette Cenſure eſt rapportée par-tout. (a) La Doctrine de Calvin y eſt propoſée en 28. articles : aucun de ces articles a-t-il rapport à la Doctrine abominable du meurtre des enfans par les Peres. Le Concile de Trente aſſemblé trois ans après en 1545, anathématiſe en détail toutes les différentes erreurs de Luther, de Calvin, & de tous ces autres prétendus Réformateurs dont l'Europe étoit inondée : parmi ces Anathêmes en eſt-il pareillement aucun, qui ait un rapport prochain ni éloigné à cette Doctrine abominable ?

Il nous étoit réſervé de trouver dans la Foi proteſtante une erreur, que n'ont point trouvée la Sorbonne, le Concile de Trente, les Duperron, les Arnaud, les Nicoles, tant d'autres grands hommes, qui ont conſacré leurs veilles & leur vie à attaquer cette ſecte, & la pourſuivre dans toutes ſes opinions.

[a] *Hiſtoire Eccléſiaſtique de Racine tom.* 8. p. 312. & ſui-
vantes.

Quels Sectateurs auroit pû se promettre Calvin, s'il avoit enseigné cette horreur ? Tous les hommes sont fils ou peres : seroient-ce les fils qui auroient embrassé sa doctrine ? ils l'auroient trouvée trop dangéreuse : seroient-ce les peres ? la nature leur en eut donné de l'horreur. Calvin auroit été regardé comme un monstre qui corrompoit l'humanité : on lui auroit couru sus : il auroit disparu de la terre.

On nous cite un passage de l'Institution Chrétienne, où Calvin expliquant le Précepte du Décalogue, *honora Patrem tuum & Matrem tuam*, dit [a] „ partant Notre Seigneur commande de mettre à „ mort tous ceux qui sont désobéissans à pere & à „ mere . . . . . l'honneur dont il est ici parlé a trois „ parties, révérence, obéissance & amour. La „ premiere est commandée de Dieu, quand il „ commande de mettre à mort celui qui aura dé- „ tracté de pere & de mere. La seconde en ce qu'il „ a ordonné, que l'enfant rebelle & désobéissant „ fût mis à mort.

Par qui mis à mort ? Est-ce par le pere ou par la mere ? Calvin l'a-t-il entendu ainsi ? allons aux passages de l'Ecriture qu'il cite. Il cite le Deute- „ ronome, chap. 21, n°. 18 : on y lit : „ Si un „ homme a un fils rebelle & insolent, qui ne se „ rende au commandement ni de son pere ni de sa „ sa mere, & qui en ayant été répris, refuse avec „ mépris de leur obéir ; ils le prendront & le me- „ neront aux anciens de la Ville & à la Porte où „ se rendent les Jugemens, & ils leur diront : voici „ notre fils qui est un rebelle & un insolent, il mé-

[a] *On employe l'édition françoise de l'Institution de Calvin, parce qu'on n'a pas pû se procurer l'édition latine : mais Calvin donna son Ouvrage en latin & en françois tout-à-la-fois. Ainsi cette édition françoise n'est pas moins que la latine le pur Texte de Calvin.*

„ prife & refufe d'écouter nos remonftrances , &
„ il paffe fa vie dans les débauches , dans la diffo-
„ lution & dans la bonne chere , alors le peuple de
„ la Ville le lapidera , & il fera puni de mort. „
Il cite le Lévitique , chap. 20 , dans lequel Dieu
établit les Loix Criminelles , fur lefquelles fon
peuple devoit être jugé.

Qu'enfeigne donc Calvin ? Que fuivant l'Ecriture les enfans rebelles pouvoient être accufés par
les peres devant les Magiftrats ; & que ceux-ci
devoient leur faire fubir la mort. Eft-ce avoir
donné aux péres l'horrible pouvoir d'immoler leurs
enfans?

Pour connoître la Morale Proteftante fur ce
fujet , il n'y a qu'à lire le tome V. des Sermons
d'un Pafteur [a] de l'Eglife Valone d'Amfterdam
imprimé en 1760 , pag. 212. „ Rien n'eft fans
„ doute plus beau que le zele , & rien n'eft plus
„ agréable à Dieu : mais c'eft quand il eft éclairé
„ par la piété , dirigé par la prudence , réglé par
„ la charité , foutenu par la douceur & la pa-
„ tience . . . . . Car le premier caractere du vrai
„ zele , c'eft la piété , c'eft la douceur , c'eft l'ob-
„ fervation des Commandemens de Dieu : fi donc
„ le zele nous pouffe à faire quelque chofe , qui
„ foit contraire à la parole de Dieu , il doit nous
„ être fufpect : s'il nous porte à des actions cruelles
„ condamnées par les Loix *humaines & divines* ,
„ ce n'eft plus zele alors , c'eft *emportement* , c'eft
„ *fureur* : Dieu n'a que faire des paffions humaines
„ pour maintenir fes droits , pour prendre foin de
„ fon Eglife : il n'a jamais prétendu que le zele de
„ fa Religion & l'amour de la vérité , dût étouffer
„ dans les cœurs les fentimens d'*humanité* & de
„ compaffion , encore moins qu'il dût renverfer les

(a) *Henry Chatellain.*

„ Loix fondamentales de la société : il veut miſé-
„ ricorde & non point ſacrifice. „ On lit pareillement dans un diſcours qui eſt en tête d'une Li-
turgie pour les Proteſtans de France , imprimée à
Amſterdam en 1759. „ Trouvez-moi une Reli-
„ gion qui ſe ſoit fondée ſur l'Evangile , & qui ait
„ dit aux hommes : haïſſez , perſécutez , baig-
„ nez-vous dans le ſang de vos freres. „ Dans un
Livre intitulé Néceſſité du Culte public , édition
de Francfort 747, t. 2, pag. 87. „ Nous ſommes
„ très-éloignés des erreurs de l'Egliſe Romaine ,
„ (c'eſt l'Erreur qui parle :) mais pour cela nous
„ n'en regardons pas moins les membres comme
„ Chrétiens, comme nos freres : la différence d'opi-
„ nion entr'eux & nous , n'influe point ſur les ſen-
„ timens de nos cœurs , & nous proteſtons ici
„ contre tout préjugé contraire. „ Voilà la Morale Proteſtante.

Eſt-il vrai dans le fait que Marc-Antoine Calas
eût changé de Religion, ou qu'il ſe diſpoſât d'en
changer. Les preuves les plus fortes démontrent
qu'il n'en eſt rien.

1°. Marc-Antoine Calas prend le Grade de Ba-
chelier par bénéfice d'âge le 18 Mai 1759,
& il ſe diſpoſe à prendre la Licence. Déjà il
avoit été préparé [a] pour ſoutenir les Actes né-
ceſſaires. Il ſe préſente à Me. Boyer , Curé de S.
Etienne , & lui va demander un Certificat de Catholicité. Un Domeſtique prévient ce Curé que
Marc-Antoine Calas eſt né de Parens Proteſtans.
Me. Boyer [b] exige que Marc-Antoine Calas lui
rapporte un Certificat d'un Confeſſeur. Et dix-huit
mois s'écoulent , ſans que Marc-Antoine Calas eût

[a] *Par le ſieur Vidal.*
[b] *Me. Boyer a déclaré le fait en réponſe à un Acte qui lui
a été ſignifié.*

fongé à lever l'obstacle qui l'avoit fait refuser.

2°. On ne sort pas de l'Hérésie sans être instruit : il faut s'être instruit dans les Livres, ou l'avoir été par des personnes éclairées. Un Monitoire a été publié avec le plus grand éclat. Aucun Catholique ne s'est présenté, qui ait dit avoir instruit Marc – Antoine Calas. Il n'est pas moins certain qu'il n'existoit rien parmi ses Livres & ses papiers qui eût rapport à la Religion Catholique : l'Hôtel–de–Ville nous en a administré la preuve, en ne faisant point mention de ses Livres & de ses papiers, à suite de la descente qui fut employée en partie à les visiter. S'il s'étoit rien trouvé qui eût rapport à la Religion Catholique, on n'auroit pas manqué d'en faire mention dans ce Verbal, puisqu'on ne peut avoir procédé à la visite des papiers & des Livres de ce jeune homme que dans cet objet.

3°. Que dire encore quand on apprend qu'il ne s'est présenté aucun Confesseur de Marc–Antoine Calas ?

Me. Laplagne a bien déposé qu'un jeune Protestant s'étoit présenté à son Tribunal, aux trois Fêtes de Noël, Pâques & Pentecôte : » il n'en » sçait pas le nom, mais c'étoit un Garçon de » 22 ans : » On lui représente le Cadavre, & il ne le reconnoît pas.

Me. Laplagne ne *sçait* point quel est celui qu'il a confessé. On ne peut donc pas prétendre que ce fut Marc–Antoine Calas. Il est clair au contraire que ce n'étoit pas lui, puisque le Cadavre lui ayant été représenté, il ne l'a pas reconnu. La circonstance de l'âge le démontre encore. Puisque ce Pénitent n'étoit point connu de Me. Laplagne, il ne peut avoir sçu son âge que sur ce que lui en a dit ce jeune homme, qui n'auroit pas menti au

Tribunal de la Pénitence. Ce n'étoit donc pas Marc-Antoine Calas, puisqu'il avoit vingt-huit ans suivant son Baptistaire.

L'Exposant est au contraire en état de prouver qu'à la Fête de Noël 1760, qui est un des trois temps, auquel Me. Laplagne a dit avoir confessé un jeune Protestant, non-seulement Marc-Antoine Calas n'étoit pas à Toulouse, mais qu'il assista à cette époque à une Assemblée Protestante, dont il sera parlé bientôt.

Remarquons en passant que le Protestant de Me. Laplagne étoit un étrange Prosélyte : un Protestant, qui veut se convertir, qui doit s'instruire, qui a à décharger toutes les fautes de sa vie dans le sein d'un Confesseur, ne se présenter au Sacrement de Pénitence que trois fois l'an.

Me. Laplagne n'a donc pas parlé de Marc-Antoine Calas : or aucun autre a-t-il dit l'avoir confessé ?

Quelqu'un imagineroit peut-être que les Confesseurs sont en droit de ne pas révéler sur ce point : que le secret de la Confession s'étend à cela. Ce seroit une illusion étrange. Le Confesseur ne peut point révéler les fautes dont le Pénitent s'est accusé : mais de dire j'ai confessé un tel, je confessois un tel, qui a jamais pensé que cela intéressât le secret de la Confession ? La Loi austere de ce secret seroit donc violée, quand on oblige ceux qui se marient de porter un Certificat de Confession, & quand les Curés exigent à Pâques, des Pénitens qui ne se sont pas adressés à eux, de porter un Certificat de ceux à qui ils se sont adressés ? Lorsque les Confesseurs comptent le nombre de leurs Pénitens, qu'ils disent, je dirige un tel, une telle est ma Pénitente, comptent-ils violer le secret de la Confession ?

Me. Laplagne enfin a-t-il cru violer la Loi de

la Confeffion , quand il s'eft préfenté pour dépofer ; car obfervons qu'il n'a pas dit ne *pouvoir
dire* , fi c'étoit le fieur Calas qu'il avoit confeffé à
Noël , Pâques & Pentecôte ; mais il a dit ne pas le
fçavoir , ce qui démontre qu'il l'auroit dit s'il
l'avoit fçu ; il fe croyoit par conféquent en droit
de le dire , s'il l'avoit fçu.

Il doit paffer donc pour certain que Marc-Antoine Calas n'avoit point un Confeffeur , dès qu'il
n'en a pas paru ; puifque ce Confeffeur quelcon-
que , qui eft fuppofé célébrer nos Saints Myfteres ,
n'auroit pas voulu fe rétrancher de l'Eglife & en-
courir fes Cenfures.

4°. Des Témoins ont dit au contraire formellement que Marc-Antoine Calas étoit occupé du
deffein de fe faire Miniftre. Et l'Expofant eft en
état de prouver que Marc-Atoine Calas , tint
un enfant à Baptême dans une Affemblée Proteftante au Lieu de Mazamet , au mois de Septembre 1759 : [a] qu'il affifta la Fête de Noël 1760 :
à une Affemblée de Proteftans qui fe tint du côté
de Vabres , il paffoit les Fêtes chez le Sr. Vaute ,
au Lieu de Braffac qui eft au voifinage de Vabres ,
enfin qu'il affifta le mois de Juillet dernier à l'enterrement d'un Proteftant qui fe fit hors de cette
Ville , & qu'il parla à ceux qui y affiftoient avec lui
de l'excellence prétendue de leur foi. Voilà donc
ce Profélyte , ce Converti qui devoit recevoir
l'Abfolution le lendemain de fa mort 14 Octobre ,
& être admis le même jour à la participation de
nos Saints Myfteres.

Mais fans attendre l'événement de ces preuves ,
n'eft-il pas plus clair que le jour que Marc-
Antoine Calas n'étoit point converti ? Perfonne ne
l'a inftruit : perfonne ne l'a confeffé : parmi fes

(*a*) *On efpere de recevoir le Baptiftaire.*

livres & ses papiers rien qui ait rapport à la Religion Catholique : il se prépare enfin pour prendre sa Licence, & il n'a aucun moyen pour lever l'obstacle que lui a fait son Curé, sur ce qu'il étoit né d'une maison Protestante. Qui peut résister à une lumiere aussi vive ?

On cite ici plusieurs Témoins : un Arnal, Ingénieur, a vu Marc-Antoine Calas suivre le St. Viatique & la Procession de la Fête-Dieu. La Demoiselle Durand l'a vu à la Messe, aux Bénédictions, à tous les Exercices de la Religion, elle l'a vu dans des Confessionnaux : & l'Abbé Durand son fils l'a oui dire à sa mere. Le sieur Platte l'a vu priant dans l'Eglise St. Sernin & devant les Corps Saints ; il l'a vu recevant dans cette Eglise la Bénédiction. Suivant un Pénitent Blanc, Louis Calas étant à la campagne avec l'Abbé Durand & lui, dit que Marc-Antoine Calas son frere devoit entrer dans la Confrairie des Pénitens Blancs : & deux autres ajoutent, que le premier ayant représenté cela à Louis Calas, celui-ci qui alors se promenoit ne répondit rien. Le sieur Gorce & la Demoiselle Pouchelon ont entendu le 14, que Marc-Antoine Calas devoit faire son Abjuration ce jour 14. Cathérine Dolmiere, native de Béfiers, Couturiere près la porte Saint Etienne, a oui dire à Marc-Antoine le 12 qu'il devoit se confesser (d'autres disent faire son Abjuration) le 14 »que si on le sçavoit il seroit . . . . . » (a). Marc-Antoine a dit au sieur Platte qu'il » se convertiroit si ses parens ne l'en empêchoient.

Il faut mettre à l'écart ce qu'ont dit le sieur Gorce & la Demoiselle Pouchelon. Des témoignages sur un oui dire ne prouvent pas. Les oui

_____

(a) Ce Témoin s'est servi d'une expression trop sale pour être rapportée.

I

dire ne font reçus que quand il s'agit de prouver la commune renommée *famam* : mais on exige
alors deux circonftances. Les Témoins doivent
nommer ceux de qui ils ont oui la chofe *à qui-*
bus audiverunt (*a*), afin que le Juge examine
quelle foi y peut être ajoutée : il faut encore
que les Témoins expofent des caufes vraifemblables de cette commune renommée (*b*).

Et qui eft-ce qui n'entendit pas dire le 14, d'un
bout de Ville à l'autre, que Marc-Antoine Calas
devoit abjurer ce jour-là ? Le bruit s'en répan-
dit comme un torrent, il paffa dans la Province,
il a paffé dans toute la France. Ainfi fi c'étoit
affez d'avoir entendu dire le 14, ou depuis le 14,
que Marc-Antoine Calas devoit faire Abjuration
ce jour-là ; toute la Ville, toute la France auroit pu venir jouer un rôle dans la Procédure.
Le faux de ce bruit fémé par l'imprudence & par
la crédulité a bien été à découvert depuis qu'un
Monitoire, publié folemnellement, a fait connoître que Marc-Antoine Calas n'a été inftruit par
perfonne & qu'il n'a point connu de Confeffeur.
Rien n'eft donc plus méprifable que ce oui dire
de ces deux Témoins.

Ce qu'a prétendu Cathérine Dolmiere, que
Marc-Antoine lui dit le 12 qu'il devoit faire Abjuration le 14, ne fera pas plus d'impreffion. C'eft
d'abord un Témoin fingulier, aucun autre n'a
entendu Marc-Antoine Calas tenir à cette femme
ce difcours. Or n'eft-il pas de regle que des
Témoins finguliers ne prouvent pas. (*c*)

(*a*) *Julius - Clarus, lib.* 5, §. *fin.* 26, *n.* 17, *Rebuffe de re*
prob. teft. n. 53, *in fin. Ranchin & Bornier, in verb. fama.*

(*b*) *Julius-Clarus eod. n.* 13, *& L. B. Ranchin & Bornier eod.*

(*c*) Singulares *teftes à teftimonio repelluntur : quia actus de-*
bet probari per duos teftes ad minimum : fed quando teftes funt

On voit d'autre part que cette femme se repré-
fente dans fa dépofition comme une nouvelle Con-
vertie, puifque Marc-Antoine Calas l'exhorte de
ne point aller à Montauban, de peur qu'elle ne foit
féduite. Or voilà que fon Baptiftaire qui eft remis,
prouve qu'elle eft née Catholique, de parens Catholiques, & dans une Ville (a) où il n'y a point
de famille Proteftante.

Dans le fonds, Marc-Antoine Calas peut-il avoir
dit à cette femme qu'il devoit abjurer le 14, ou
qu'il dût confeffer, puifqu'il n'avoit point de Confeffeur.

L'indécence que cette femme met dans la
bouche de Marc-Antoine Calas, prouveroit feule
le faux de fa dépofition. Je dois confeffer le 14,
(ou bien je dois faire Abjuration le 14.) Si on
le fçavoit je ferois . . . . Que chacun de
nous fe rappelle avec quelle piété tendre, il s'eft
préparé à approcher la premiere fois des faints
myfteres. Quel attendriffement, quelle vénéra-
tion; quel refpect? & ce Proteftant qui raconte
qu'il doit être reçu à recevoir fon Dieu le lendemain, auroit profané, il auroit infecté ce difcours redoutable & faint par l'indécence d'un
mot fale. Qu'il foit permis de rappeller à la
Cour ce qu'on lui a repréfenté à une autre occafion, que l'impoffible ne peut pas être cru, qu'il
ne doit pas l'être.

Que refte-t'il donc? Marc-Antoine a été vu
dans les Eglifes; il a été vu aux cérémonies de

---

fingulares non probatur nifi per unum, cum de diverfis actibus
deponant : ideo non probant cum non fint contestes, nam in diverfa
eunt. C'eft la Doctrine générale. Voyez le Préfident Faber en
fon Code, liv. 4, tit. 15, déf. 46, où il dit, teftes fingulares non probant, ideoque non plus probant mille quam unus.
(a) A Beziers.

l'Eglife ; il a été vu dans des Confeffionnaux, non point fe confeffant, on ne le dit pas, mais ayant choifi fa place dans des Confeffionnaux comme il auroit pu la choifir ailleurs.

Donc il étoit converti, quoiqu'il foit certain que perfonne ne l'a inftruit & que perfonne ne l'a confeffé ? mais il réfulte de ces deux faits une preuve formelle que Marc-Antoine Calas n'étoit point devenu Catholique ; on ne peut donc pas déclarer fur ces autres circonftances qu'il le foit devenu. Vous voulez préfumer que Marc-Antoine Calas s'étoit converti : mais deux faits qui font comme la pierre de touche de ces converfions, démontrent qu'il ne s'étoit point converti, par conféquent toutes vos préfomptions s'évanouiffent.

Que faifoit-il donc dans nos Temples ? Eh ! qui peut pénétrer l'abîme du cœur ? Un défenfeur Catholique qui connoît l'excellence de fa Religion, & qui eft plein de tendreffe pour elle, ofera-t'il fe permettre dans cette caufe ce que les Miniftres de l'Evangile font retentir tous les jours dans nos Chaires ? Il le dit avec peine, avec douleur, parce qu'il croiroit manquer à fon miniftere de ne pas le dire. Tant de mauvais Catholiques fe rendent dans nos Eglifes comme dans un lieu d'affemblée : ils imitent néanmoins les mouvemens qui fe font dans ces faints Temples, pliant comme les autres les genoux, baiffant les yeux & la tête; parce qu'il faut ne pas s'expofer à la cenfure des perfonnes pieufes & des Magiftrats. Il eft aifé de croire qu'un Proteftant peut être auffi peu religieux.

Un Magiftrat grave fait un récit qui offre un dénouement plus honorable à la mémoire de Marc-Antoine Calas : l'honneur & la vertu de ce Magiftrat font connus, fa parole doit être donc bien

efficace. Il a eu part, dit-il, à la converfion dé
Louis Calas; il fouhaita de remporter la même
victoire fur Marc-Antoine Calas; il l'entretint
fur ce fujet; il lui fit naître des doutes. Marc-
Antoine Calas demanda du temps pour délibé-
rer, pour s'examiner & fe réfoudre : ce fut une
affaire de plus d'un jour. Il revient, & déclare
qu'il s'étoit affermi dans la Foi dans laquelle il
avoit été élévé. Si ce que ces Témoins difent
qu'ils ont vu Marc - Antoine Calas à l'Eglife,
qu'ils l'ont vu affifter à nos faintes Cérémonies,
fi cela eft vrai, il faut le rapporter au temps
que Marc-Antoine Calas étoit ébranlé, qu'il fe
fentoit des mouvemens pour l'Eglife Catholique;
mais, comme le rapporte ce Magiftrat, il eut
le malheur de réfifter à la Grace & de fe raffer-
mir dans l'erreur.

Il eft vrai que ce Magiftrat n'eft pas Témoin
dans la Procédure, mais la Cour peut faire aifément qu'il le foit, il eft affis tous les jours à fes
côtés : qu'elle daigne l'appeller & recevoir fon ferment, les droits de l'innocence lui font trop connus
pour qu'il fe faffe une peine de ce miniftere. Que
feroit-il même néceffaire de l'entendre avec ferment ? l'Aréopage crut bien autrefois qu'il feroit
indigne de fa gravité, d'exiger le ferment d'un
fimple Philofophe.

Pour le fait, que Louis Calas a dit que Marc-
Antoine Calas devoit fe faire recevoir Pénitent
Blanc. 1°. un feul le dit, qui eft par conféquent té-
moin fingulier. Deux autres difent, il eft vrai,
que ce Pénitent Blanc ayant objecté cela à Louis
Calas, celui-ci qui fe promenoit ne répondit rien.
On ne peut point en conclure que Louis Calas
reconnut qu'il l'eût dit effectivement : la Loi (a)

(a) La Loi 142. ff. de reg. jur.

nous dit au contraire *qui tacet non utique fatetur*.
Louis Calas peut n'avoir pas entendu ce difcours,
d'autant mieux qu'il étoit à fe promener ; il peut
auffi avoir meprifé un mot vague : enfin il peut
avoir fui une difcuffion perfonnelle. Le témoin ci-
deffus demeure donc feul, puifque les deux autres font inutiles. 2°. L'Abbé Durand qui eft témoin dans la Procédure, en préfence duquel ce
témoin prétend que Louis Calas a fait cette con-
fidence , & qui n'a pas menagé les Calas dans fa
dépofition, n'a rien dit de cela dans cette dépofition. 3°. Tout fe reduiroit enfin, à ce que Louis
Calas auroit dit que fon frere vouloit fe faire Pénitent Blanc, & qu'il auroit convenu de l'avoir
dit : un fils n'eft pas témoin utile contre fon Pere ;
on ne peut donc pas fe prévaloir contre fon Pere ,
de ce que ce fils pourroit avoir dit. (*a*)

Louis Calas a dénié hautement dans des protef-
tations qu'il a fait imprimer, tous les propos qu'on
lui fait tenir dans cette trifte Procédure ; quelle
douleur pour lui qu'on le cite pour faire périr fon
Pere ? C'eft un exemple qui doit être banni à jamais de la Societé.

Une vieille s'eft préfentée depuis l'Arrêt de la
Cour, femme d'un Cuifinier : elle a été nourrice
de Marc-Antoine pendant un mois ou un mois &
demi : l'enfant lui fut ôté, parce que fon lait
n'étoit pas convenable. Marc-Antoine la trouva,
dit-elle, deux mois avant fa mort : il l'arrête en
l'appellant du doux nom de nourrice, lui fait des
reproches de ce qu'il n'alloit pas les voir & manger leur foupe, que cela feroit plaifir à fon pere &
à fa mere. Il ajoute : je vous dirai que je me
fais de votre Religion.

(a) *Ce moyen de Droit eft établi ailleurs.*

Il a été objecté à cette femme qu'elle se ven-geoit de ce que l'enfant lui avoit été ôté après un mois ou un mois & demi : on sçait jusqu'à quel point les femmes du Peuple portent leur ressen-timent en ce genre.

C'est d'autre part un témoin singulier : elle est seule pour le fait qu'elle rapporte.

Sa déposition tombe principalement par le fonds.

1°. Elle a nourri Marc-Antoine Calas un mois ou un mois & demi , après lequel temps l'enfant lui avoit été ôté : & Marc-Antoine Calas a eu des relations avec cette femme, à l'occasion de ce mois & demi ? il la connoît pour sa nourrice , l'appelle de ce nom, & lui suppose assez de droit dans une maison qui l'avoit réjettée , pour témoi-gner d'être surpris de ce qu'elle n'y venoit pas faire des visites & manger la soupe , & pour lui dire que son Pere & sa Mere en auroient du plaisir ?

2°. Marc-Antoine Calas apprend à cette fem-me qu'il va se faire Catholique , il l'apprend à cette Catherine Dolmieres, dont il est parlé plus haut ; & il ne le dit point à son Curé , il ne le dit à aucun Confesseur, il ne s'en ouvre à aucun Catholi-que qui soit capable de l'instruire ; & il n'a ni Li-vres de Prieres Catholiques , ni Crucifix, ni un Chapelet ?

3°. Conciliez encore si vous pouvez cette misé-rable déposition, avec ce qu'il est prétendu que Marc-Antoine Calas étoit maltraité dans sa mai-son ? un enfant maltraité, qui ne doit pas se tenir sûr de la vie, inviter cette vieille à venir dans la maison, parce qu'elle a été sa nourrice pendant un mois ou un mois & demi, à y rendre visite & man-ger la soupe ? La tendresse seule pour les enfans, donne de la complaisance aux peres & meres , pour celles qui les ont nourris de leur lait. C'est donc ici un malheureux reve de la part de cette femme : si ce n'a pas été un mouvement de vengeance.

La déposition du sieur Platte suffiroit pour la pleine justification des accusés. Marc-Antoine Calas lui disoit, rapporte-t-il, qu'il se convertiroit, si ses parens ne l'en empêchoient. (a) Il obéissoit donc à ses parens, il se conformoit à leurs volontés, il demeuroit dans leur Religion par respect & par déférence pour eux : pourquoi donc l'auroit-on fait mourir ?

Il faut joindre quelques réflexions.

Suivant les témoins qu'on vient de réfuter, c'est depuis deux, [b] trois ans que Marc-Antoine Calas faisoit profession de Catholicité, fréquentant nos Eglises & tous nos Exercices. On l'a laissé vivre trois ans, & on aura été saisi de fureur après trois ans ? L'usage rend au contraire supportable, ce qui l'étoit le moins dans le commencement.

Le Pere a permis que son fils étudiât en Droit : il faut être Catholique pour être reçu à la licence : le Pere ne désaprouvoit donc pas, que ce fils se fît Catholique.

Louis Calas est converti, il est bon Catholique : il vit pourtant. Il avoit quitté, dira-t-on, la maison paternelle. Mais il est dans Toulouse, & à la porte de la maison de son Pere : ne peut-il être tendu des embuches que dans l'intérieur de sa maison.

INDICE PRIS DES MENACES.

Trois témoins en ont parlé.

(a) Le sieur Platte a eu l'équité de reconnoitre dans cette déposition, que Marc-Antoine Calas, ne lui avoit pas dit que ce fussent les parens de sa maison.

(b) Renard Ingénieur.

L'Associé

L'affociée de la d'Andufe, étant entrée, dit-
elle, dans le Magafin du fieur Calas à fept heures
du matin, quinze jours avant l'horrible cataftro-
phe du 13 ; elle trouva le fieur Calas tenant fon
fils au colet dans le Magafin & lui difant, il ne
t'en coûtera que la vie.

La d'Andufe avoit accompagné, dit-elle, fon
affociée jufqu'à la porte du fieur Calas : elle entra dans la boutique du fieur Pouchelon qui eft vis-
à-vis : fon affociée lui rapporta ce qui s'étoit
paffé.

Le fieur Bergerot paffant devant la maifon du
fieur Calas, dans le milieu de la femaine avant
la mort ; il le vit promenant dans la boutique
avec un Mr. habillé de gris , ayant un chapeau
bordé ; & l'entendit difant s'il change je lui fer-
virai de Bourreau, [d'autres difent s'il ne change.]

Il faut écarter d'abord le difcours de la d'An-
duze, puifqu'elle ne parle que fur un oüi dire : il
ne refte par-là que l'Affociée & le fieur Bergerot.

Le trouble & la douleur dont le fieur Calas
étoit atteint, font caufe qu'il ne propofa pas un
reproche contre cette Affociée : s'il étoit confronté de nouveau avec cette femme , il lui objec-
teroit que la d'Andufe & elle l'avoient fait prier
depuis peu de leur prêter des Indiennes, qu'il le
refufa : c'eft plus qu'il n'en faut pour pouffer à la
vengeance des femmes de cet étage.

Les Expofans ont dit encore , & ils ont demandé d'être reçus à le prouver , que cette femme
a dit depuis publiquement dans la Place de l'Hôtel-de-Ville, un jour de marché, que ce qu'elle
avoit rapporté, comme l'ayant vu & l'ayant entendu , elle ne le fçavoit que par oüi dire , &
qu'elle fe répentoit de l'avoir dit.

K

Au fonds cette Affociée & le fieur Bergerot font des Témoins *finguliers*, chacun d'eux dépofe d'un fait différent, ils ne fe réuniffent pas pour un même fait. L'un a vu quinze jours avant la mort : l'autre cinq ou fix jours avant cette mort. Le fait de l'un fe paffe dans le magafin, celui de l'autre dans la boutique. Le fils étoit préfent dans l'un de ces faits, il ne l'étoit pas dans l'autre. Ces deux faits font donc différens, & chacun n'eft attefté que par un Témoin. Or, on l'a déjà dit, des Témoins finguliers ne prouvent pas.

Mais que de réflexions s'élevent encore fur chacune de ces deux dépofitions.

Pour l'Affociée de la d'Andufe. 1°. L'Expofant auroit-il tenu fon fils au colet, & lui auroit-il fait des menaces barbares dans une boutique ou un magafin ; expofé aux regards des paffans, & de toute la maifon du Marchand (*a*) qui occupe la boutique oppofée, & pouvant être furpris par ceux qui entroient dans fa boutique. 2°. Si la chofe étoit vraie, la d'Andufe fe feroit apperçue de la fcene ; puifque la boutique & le magafin du fieur Pouchelon où elle entra, font précifément vis-à-vis de la boutique & du magafin du fieur Calas : le fieur & demoifelle Pouchelon & leurs Commis l'auroient apperçue auffi. 3°. L'Expofant offre de prouver qu'il ne defcendoit dans fa boutique ou fon magafin, dans cette faifon, qu'après huit heures. 4°. Enfin cette femme ne dit pas que ce traitement prétendu eût pour objet la Religion : [*b*] l'Expofant auroit pû menacer fon fils à raifon de quelque mauvaife inclination : [*c*] ainfi ce n'auroit

[a] *Le fieur Pouchelon.*

(b) *La Cour eft fuppliée de fe faire repréfenter l'Original de la Procédure.*

(c) *Il a été repréfenté dans les Interrogatoires & les Confronta*

été qu'un déplaisir ordinaire , de la nature de ceux que tant de peres éprouvent , & qui ne font pas qu'ils affaffinent leurs enfans , & que toute la famille s'arme pour cette exécution barbare. Il a fallu fuppofer pour cela un fanatifme dicté par la Religion : mais prouvez donc au moins ce fanatifme : prouvez par conféquent que c'eft pour caufe de la Religion , que Marc-Antoine Calas a été menacé par fon pere.

Quant au fieur Bergerot. 1°. Quelle apparence auffi que le fieur Calas ait tenu le difcours que ce Témoin fuppofe dans une Boutique & dans un Magafin , & qu'il l'ait tenu avec tant d'imprudence , qu'il auroit été entendu de la rue. 2°. Quelle apparence que quelqu'un paffant rapidement dans la rue , diftingue le vêtement & le chapeau d'un étranger, parlant dans une Boutique avec le Marchand , & qu'il faififfe au jufte ce qui fe dit entr'eux. 3°. Le fieur Bergerot ne dit pas qu'il fût queftion dans ce difcours, de Marc-Antoine Calas ou d'aucun des enfans du fieur Calas. 4°. Les Expofans ont lieu de croire que la Procédure ne porte pas *s'il change* , mais s'il *ne* change. On fupplie pareillement la Cour de fe faire repréfenter l'original. Si le Témoin a dit s'il *ne* change , il n'étoit pas queftion de la Religion : & fi ce Témoin a dit *s'il change* , la négative *ne* qui ne fe fait pas fentir dans une prononciation rapide, auroit pu échapper à quelqu'un qui faififfoit ce difcours, comme on dit , à la volée , en paffant devant cette maifon.

Voilà par quelles preuves on prétend établir que le fieur Calas pere a menacé fon fils de la mort. Un Témoin qui ne parle que d un oui tations , qu'il étoit adonné avec fureur aux Jeux de Billard & de la Paume.

dire. Deux autres qui font témoins finguliers, &
dont la dépofition fe détruit d'ailleurs d'elle-
même.

Depuis l'Arrêt de la Cour un jeune homme de
la lie du peuple, Caferes, ancien Garçon de
Bou Tailleur, a été appellé de Montpellier pour
dépofer. La Boutique de Bou eft dans la maifon
que les Expofans occupent ; Pierre Calas entre,
dit‑il, dans cette Boutique un jour d'œuvre du
mois d'Août dernier : la Demoifelle Bou y étoit.
La Bénédiction fonne, & la Demoifelle Bou ordonne de l'aller recevoir. Pierre Calas dit, prétend ce Voyageur, vous ne penfez qu'à vos Bénédictions, on peut fe *fauver dans toutes les deux
Religions :* deux de mes freres penfent comme
moi, fi je fçavois qu'ils vouluffent changer, je
ferois en état de les poignarder. Il ajoute que
s'il avoit été à la place de fon pere quand
Louis Calas fe fit Catholique, il l'auroit fait
mourir.

On a à Touloufe la Demoifelle Bou, avec
qui l'on fuppofe que cette converfation fut
faite : les deux autres Garçons du fieur Bou,
les fieurs Capdeville & Guillaumet, qui devoient
être préfens, puifque la chofe fe paffa dans la
Boutique, font auffi à Touloufe. On eft allé à
la Demoifelle Bou, on lui a parlé, on a parlé
à fes deux Garçons, elle a frémi d'horreur en
entendant cette impofture, & l'étonnement des
deux Garçons n'a pas été moins vif : ils dépo-
feront tous que c'eft un menfonge puniffable.

Il n'eft pas néceffaire de rappeller ce qui a
été dit déjà pour tant d'autres, que ce Témoin
eft fingulier.

Mais il faut remarquer qu'affurement ce Témoin n'a pas été deviné à Montpellier : par con-

féquent il doit s'être offert. Or un Témoin qui s'offre (*a*) ne fait aucune foi.

Sa déposition se détruit principalement par elle-même. 1°. La Demoiselle Bou veut faire quitter sa Boutique à ses Garçons un jour d'œu-vre, pour aller recevoir la Bénédiction. Cela est-il vraisemblables ? 2°. On peut se sauver, dit Pierre Calas, dans la Religion Catholi-que, comme dans la Protestante : cependant je poignarderois celui de mes freres qui embras-seroit la Foi Catholique. Quoi ! cette Foi est bonne, puisque l'on peut s'y sauver, & vous se-riez en état de poignarder, qui ? des freres ; pour-quoi ? parce qu'ils embrasseroient cette Foi, que vous reconnoissez bonne. Si cette foi est bonne, il n'y a pas lieu de poignarder ceux qui l'embras-sent. 3°. Et comment ce maître joueur de poi-gnard ne poignardoit-il pas Louis son frere ? à moins qu'il ne tint qu'il n'y avoit lieu de poignarder ses freres qu'au moment précisément qu'ils chan-geoient de Religion ; & qu'il n'en étoit plus temps, après qu'ils avoient changé. 4°. Pierre Calas pro-pose, il est vrai, dans cette déposition une au-tre raison : la fonction de poignarder ne le re-gardoit pas encore quand Louis se convertit, elle regardoit son pere, si j'eusse été mon pere quand Louis se convertit : mais le voilà élévé depuis à cette fonction qu'il n'avoit pas alors, quoiqu'il ne soit que frere, il poignardera ses autres freres s'ils se convertissent. Non, il n'est pas possible qu'un propos aussi imbécille ait été tenu : Pierre Calas seroit imbécille, s'il l'avoit tenu, & pour cela même, il ne faudroit avoir aucun égard à ce qu'il auroit dit.

Il peut être observé sur cette déposition, que

(*a*) Rebuffe de rep. test. *n.* 141. *in fin.*

puifque les deux freres de Pierre Calas penfoient
comme lui dans le mois d'Août: il n'eft donc pas
vrai que Marc-Antoine Calas fût changé, en fup-
pofant même qu'il fuivît les exercices de l'Eglife
Catholique.

Traitement & menaces envers Louis Calas.

Il n'eft point queftion de Louis Calas , ni
dans l'objet de la prévention , ni dans le Monitoire ; ainfi l'aveugle defir de nuire peut feul
avoir fait parler de lui. Ce fera fans fuccès &
fans fruit , puifqu'il eft de regle certaine qu'un
Témoin qui dépofe *extra articulos* , ne fait point
de foi. (*b*) La raifon en eft fimple , c'eft qu'un
Témoin ne prouve que pour les objets pour lef-
quels il a été reçu à ferment, *quia non juratus
eo cafu deponit*. Vous avez été reçu à ferment
pour dépofer fi Marc-Antoine Calas s'étoit converti, s'il avoit été maltraité, s'il a été immolé
à cette occafion : vous n'avez pas été reçu à ferment pour dépofer touchant Louis Calas, vous
ne ferez donc pas foi à cet égard, & vous avez
commis une faute inutile.

Dira-t'on que le Monitoire porte, » enfin con-
» tre tous fçachans les faits ci-deffus, circonftan-
» ces & dépendances ? » Cela s'entend des circonftances & dépendances des faits coarctés :
circonftances & dépendances du changement prétendu de Religion de Marc-Antoine Calas ; *circonftances & dépendances* des mauvais traitemens qu'il
auroit reçus pour ce fujet ; *circonftances & dépendances* de fa mort funefte ; tout fe rapporte à
Marc-Antoine Calas.

(*a*) *Ranchin in verbo teftis art.* 12.

La conversion de Louis Calas fait-elle une circonstance & dépendance de celle de Marc-Antoine ? Les mauvais traitemens auxquels il auroit été exposé, font - ils une circonstance & dépendance de ceux que Marc-Antoine auroit éprouvés? Si quelqu'un étant accusé d'avoir tué Pierre ; un Témoin venoit dire , je ne sçai pas, il est vrai, que cet homme ait tué Pierre, mais il y a deux ans qu'il tua Jean ; qui ne seroit saisi d horreur, & ne regarderoit ce misérable comme un délateur infâme ? La Justice n'auroit peut-être pas de peine pour lui; mais il n'échapperoit pas à la censure de ses Ministres.

En un mot , les Témoins étoient appellés uniquement pour déposer par rapport à Marc-Antoine Calas, par conséquent ils n ont pu déposer que de lui , & tout ce qui se rapporte à un autre objet est inutile.

Non cela n'est pas inutile ; la Cour y doit reconnoître la preuve , qu'un prestige , on ne sçait quel, a formé cet orage redoutable qui tonne sur la tête des Exposans.

Faut-il donc s'occuper de cette partie des Témoins, puisqu'ils ne méritent que de l'indignation? Mais il seroit trop-coupable de rien négliger lorsqu'il s'agit de la vie & de l'honneur bien plus cher que la vie. Ils sont au nombre de quatre, une Coûturiere du côté des Pénitens Noirs , le sieur Mirepoix, associé du sieur Cromaria, la Demoiselle Durand & l'Abbé Durand son fils , le sieur Nougayrol, Commis du sieur Seguier.

Suivant la Coûturiere du côté des Pénitens Noirs, Louis Calas lui a dit, que quand il se convertit, son pere le tint enfermé quinze jours dans la Cave pieds nus.

Suivant le sieur Mirepoix, associé de Me. Cro-

maria , Notaire , Louis Calas lui a dit, qu'il fut
obligé de se cacher en ce commencement de sa
conversion , & de changer de gîte trois fois : que
s'il revenoit dans sa maison , peut-être .... Par
une interprétation horrible , ce Témoin entend par
ces mots , que Louis disoit qu'on le feroit mourir. (*a*)

1°. Remarquons d'abord la contradiction ; suivant l'un, Louis Calas se cache dans le commencement de sa conversion : suivant l'autre c'est le
pere qui a enséveli Louis Calas dans un cachot.
2°. Ce sont comme ci-devant des Témoins singu-
liers , un chacun est seul pour le fait qu'il rapporte.
3°. Ils rapportent un simple oui-dire. Nous avons
entendu dire à Louis Calas , Louis Calas nous a
dit. 4°. Un fils ne seroit point témoin valable
contre son pere. Peut-on donc admettre contre le
pere le témoignage d'un prétendu discours de ce
fils ?

Pourquoi le témoignage d'un fils contre son
pere est-il rejetté ? parce qu'il seroit horrible
qu'un pere périt par la voix de son fils. Ce seroit
la même horreur , si un pere périssoit en conséquence de ce que son fils auroit dit dans le Public : la Loi (*b*) embrasse l'un & l'autre de ces
objets dans ce mot énergique & sublime , *illi-
citas atque improbas voces præcludimus.*

Rappellons d'ailleurs ce qui a été observé
plus haut , que dans les cas où les témoignages de *auditu alieno* sont reçus , il faut avoir nommé ceux (*c*) dont on prétend avoir ouï la chose,

(a) *L'aveugle prévention qui a enflé cette Procédure se fait bien
connoître dans l'imprudence du discours de ce Témoin.*

(b) *L. 12. C. de test.*

(c) Julius-Clarus, *Lib.* 5 , §. *fin. q. 6 , n. 15.* Rebuffe *de
reprob. Test. n. 53 in fine.* Ranchin & Bornier *in verb. fama.*

pour voir, difent les Auteurs, fi foi leur doit être ajoutée : cela prouve que la foi de celui de qui on a oui dire fait le fondement & la force de ces témoignages. Ils font par conféquent inutiles, fi celui de qui on a oui dire ne feroit pas reçu en Témoin, ou ne feroit pas un Témoin utile. Paffons aux autres Témoins.

La Demoifelle Durand & l'Abbé Durand fon fils, [a] difent que Louis Calas avoit couru rifque. d'être affaffiné depuis fa converfion.

1°. Par qui ? cette mere & ce fils n'ont pas eu l'audace d'ajouter que ce fût par fa famille : cela ne prouve donc rien : Louis Calas ne peut-il pas avoir eu un ennemi ? Mais 2°. Par quelle voie cette femme & fon fils ont-ils fçu que Louis Calas avoit couru ce *rifque* ? ils ne l'expliquent pas. Or il eft de regle en Matiere Criminelle, qu'un Témoin, qui ne dit pas comment il a connu la chofe, ne fait ni preuve ni indice. (b) La raifon en eft fimple : la vie des hommes eft trop précieufe pour en difpofer autrement que fur des preuves certaines : mais celui qui dépofe, un tel a été tué par un tel, ne le connoît peut-être que par un oui dire, il en a jugé peut-être fur une circonftance frivole ; par conféquent il faut qu'il dife comment il en a eu connoiffance, il faut qu'il dife s'il a vu, s'il a entendu, qu'il explique enfin par quel moyen il a été inftruit.

Le fieur Nougayrol, Commis du fieur Seguier, fuppofe que Pierre Calas lui a dit, que fon frere Louis s'étoit fait donner une penfion, parce qu'il avoit changé de Religion, qu'il la payeroit. 1°.

[a] *Ces deux Témoins font réprochés comme ennemis.*
(b) *Bornier fur Ranchin in verbo Teftis, art. 40. Rebuffe de reprob. teft. n. 462. Julius Clarus pract. cr. lib. 5. §. fin. q. 53. n. 22, c'eft, difent-ils, une doctrine univerfelle & fans contradict. url*

L

c'eſt encore un Témoin ſingulier. 2°. Un diſcours
prétendu de ce fils ne pourroit point être employé
contre ſon pere , contre ſa mere , ni contre lui-
même : un Prévenu n'eſt point jugé ſur ce qu'il
peut avoir dit ailleurs qu'en Jugement , & ſur l'Interrogatoire du Juge. (a). 3°. Qu'il y a loin d'ailleurs du mot , *il la payera* , à l'action barbare d'aſ-
ſaſſiner un frere. Mon frere s'eſt fait donner une
penſion de cent francs , il faut par conſéquent qu'il
meure : le tygres ſeuls & les ours pourroient
trouver ce ſens à ce diſcours.

Louis Calas a déſavoué tous ces · prétendus
mauvais traitemens : & le Sieur Calas a expliqué les choſes avec tant de ſimplicité. Il n'a-
voit jamais connu que ce fils ſongeât à quitter la
Religion Proteſtante : un Conſeiller de la Cour,
que Louis Calas en avoit prié , lui en porta la
premiere nouvelle : il répond à ce Magiſtrat , que
ſi ſon fils avoit changé de bonne foi , il n'en étoit
pas fâché. Louis Calas s'étoit retiré de la maiſon
au moment qu'il avoit fait parler à ſon pere , & il
n'y eſt point rentré , il ſe logea chez le ſieur Barrau aux Polinaires : dans quel tems placer donc
ces prétendus mauvais traitemens ?

Voici la ſource de la calomnie. Il étoit queſtion de fixer le ſort de Louis Calas ; il ſe deſti-
noit au Commerce , le pere vouloit le placer dans
une maiſon Catholique à Nîmes , où il devoit en
coûter moins qu'à Toulouſe. Mr. de Cruſſol & un
des premiers Magiſtrats de cette Ville , avoient
bien voulu entrer dans cet arrangement , & ils
l'avoient approuvé , ils déclarerent à Louis Calas
qu'il falloit partir. Louis Calas ne vouloit point

(a) *Julius Clarus pract. Cr. queſt. 55. n. 1. & la note BB. ſur la*
queſt. 21.

partir, il se cacha pour l'éviter & demeura caché pendant deux mois : ce fut chez les Demoiselles Larroque & Peyre, parentes du sieur Durand, personnes Catholiques. Il négocia, & Mr. de Crussol détermina enfin qu'il resteroit à Toulouse, se chargeant de trouver une place au même prix de 400 livres que celle de Nîmes devoit coûter. Louis Calas a déclaré tout cela au public dans des écrits imprimés : & les Exposans demandent d'être reçus à en faire la preuve.

Quant à ce que la Demoiselle Calas fit dire à son fils de ne pas passer devant sa porte ; concluez de-là d'abord que cette famille n'est point autre-ment disposée à faire périr ses enfans : si on avoit eu cette férocité, il falloit induire au contraire Louis Calas à passer très-souvent devant cette porte, c'étoit le moyen de pouvoir lui tendre des pieges. La mere n'a point nié ce fait qu'elle étoit en droit de nier : elle en a dit la raison, elle avoit la douleur que Louis Calas lui manquoit de respect dans ces occasions.

TROISIÉME INDICE.

Les Prévenus ont supposé faussement que Marc-Antoine Calas avoit soupé avec eux.

Une circonstance invincible démontre que Marc-Antoine Calas soupa réellement avec sa famille. Dans les divers interrogatoires des prevenus, ils ont tous exposé de la même maniere, dans quel ordre ils étoient à table. »Comment êtiez-vous »rangez, » leur demande-t'on. Le fils dit, »moi, mon pere à ma droite, ensuite ma mere, »mon frere aîné & le sieur Lavaysse : " ainsi le ſieur Lavayſſe eſt à la gauche de Pierre Calas, & celui-ci à la gauche du pere. Le pere répond de même, »moi, ma femme à ma droite, puis »mon fils aîné, le ſieur Lavayſſe & mon fils »cadet. „ Voilà toujours le ſieur Lavayſſe à la gauche de Pierre Calas, celui-ci à la gauche du pere, & les autres dans le même ordre que Pierre Calas avoit aſſigné.

Les Prévenus, dira-t'on encore, s'étoient con-ciliés pour cela. 1°. Si cela étoit, il ſeroit im-poſſible que cette idée ne ſe fût point brouillée peu ou prou dans leur eſprit dans l'eſpace de deux mois : ils ne peuvent avoir été toujours uni-formes ſur ce point, que parce que l'ordre & le plan de cette table s'étoit gravé dans leur eſprit pendant le ſouper. 2°. A quel propos les Préve-nus auroient-ils délibéré de ſuppoſer que Marc-Antoine Calas avoit ſoupé avec eux, & ſe ſe-roient-ils conciliés en conſéquence, touchant leur arrangement à table ? Cela décidoit-il pour leur innocence, & peuvent-ils avoir raiſonné ainſi, nous ſerons innocens ſi Marc - Antoine Calas a ſoupé avec nous ; nous ſerons coupables s'il n'a point ſoupé ? 3°. Non-ſeulement cette circonſ-tance ne décidoit point pour eux, elle leur fai-ſoit perdre un avantage, parce que ſi Marc-An-toine Calas a ſoupé avec eux, il faut qu'il ait péri depuis le ſoupé. Qu'il n'ait pas ſoupé au contraire avec eux ; en étendant l'eſpace dans lequel il aura péri ; il aura eu plus de temps pour pré-parer ſa mort, ou vous aurez plus de facilité pour dire qu'il a péri par des mains étrangeres.

Il n'eſt donc pas poſſible de ſuppoſer qu'il y ait eu à cet égard une conciliation & un accord entre les Prévenus : par conſéquent cette uni-formité perſévérante de leur part ſur leur arran-

gement à table , & fur la place que Marc-Antoine
y occupoit , juſtifie invinciblement qu'il ſoupa réellement avec eux.

On prétend prouver par le rapport de Maître
Lamarque du 15 Octobre 1761 , que Marc-Antoine Calas n'avoit pas ſoupé. Suivant ce Chirurgien, les alimens qu'il a trouvés dans l'eſtomac s'étoient convertis en une humeur griſâtre :
cela demande , dit-il , un intervalle de trois ou
quatre heures ; & la digeſtion eſt preſque faite
pour lors. Il lui a même *paru* qu'il y avoit du bœuf
parmi ces alimens , & les Prévenus ne diſent pas
qu'il y eût du bœuf à leur ſoupé.

On a vu , 1°. que ce rapport eſt nul. 2°. qu'un
Chirurgien n'étoit pas expert capable & légitime
pour cette partie. 3°. On remarque une contradiction bien étrange dans le rapport de ce Chirurgien. » Il ne faut que trois ou quatre heures
» pour que les alimens contractent cette couleur
» griſâtre , & la digeſtion eſt quaſi faite pour lors »
& il prétend tout de ſuite que ce pouvoient être
les alimens du dîner. Mais s'il ne faut que trois
ou quatre heures pour donner aux alimens la couleur griſâtre , ceux du dîner auront été à ce point
à trois ou quatre heures de l'après-midi : & ſi la
digeſtion eſt quaſi faite pour lors , elle auroit été
pleine & parfaite au moins une heure après : par
conſéquent il ne ſe ſeroit trouvé rien dans l'eſtomac , ſi Marc-Antoine Calas n'avoit pas mangé
depuis le dîné. 4°. Enfin , ce rapport bien entendu
établit clairement que Marc-Antoine Calas avoit
réellement ſoupé avec les Accuſés. En effet le
ſieur Lavayſſe déclare dans ſon interrogatoire,
qu'il avoit vu manger à Marc-Antoine Calas un
quartier de pigeon & deux grapes de raiſin ; or,
ſuivant le rapport de Lamarque , ce Chirurgien a

trouvé dans l'eſtomac de Marc-Antoine Calas des morceaux de viande qui n'étoient pas digerés & les enveloppes d'une quantité de grains de raiſin. Il trouve donc dans l'eſtomac de Marc-Antoine Calas, préciſément les choſes que le ſieur Lavayſſe lui avoit vu manger. Car que Lamarque ait pris pour de la viande de bœuf ce qui étoit de la viande de pigeon, c'eſt une mépriſe qui n'eſt d'aucune conſequence ; cette viande ne pouvoit être que celle que Calas avoit mangé à ſon ſoupé, celle qu'il avoit mangé au dîné devant être entiérement digerée depuis long-temps, & ne pouvant en reſter rien par conſéquent dans l'eſtomac. L'ignorance de ce rapport a été miſe en évidence dans une Conſultation de deux Médecins & deux Chirurgiens.

On fait valoir ſur le ſujet de ſe ſouper, deux ou trois prétendues contradictions.

Les ſieurs Calas fils & le ſieur Lavayſſe, interrogés à l'Hôtel de Ville, dans quelle chambre ils avoient trouvé Marc-Antoine Calas à ſept heures un quart ; ils ont répondu que c'étoit dans celle près l'eſcalier. Le pere interrogé au Palais, dans quelle Chambre étoit Marc-Antoine Calas, il a répondu *à celle je crois où nous mangeons.*

Le pere a fait connoître en diſant *dans celle, je croi*, qu'il n'avoit pas préſente cette circonſtance, & que ce pouvoit bien être dans une autre Chambre : on ne peut pas dire par conſéquent qu'il ſoit en contradiction avec le ſieur Lavayſſe & avec ſon fils. Quelqu'un dit qu'un tel fait s'eſt paſſé à la Place Saint Etienne : un autre dit, je crois qu'il s'eſt paſſé à la Place Saint George : en cela même qu'il dit *je crois*, il doute, il n'eſt point fixé, par conſéquent il ne détruit pas le diſcours de l'autre. De-là la Doctrine conſtante des Auteurs, que

Des témoins qui difent *je crois*, *il me femble* ne font point de preuve : un Auteur célébre (◦) en rend la raifon, *quia credulitas ftat fimul cum oppofita veritate.*

» Mais comment le fieur Calas n'étoit-il pas » fixé fur cette circonftance ? » Il feroit plus mer‑ veilleux qu'il l'eût été après deux mois. Eft-ce un objet fi important dans une Famille, de fçavoir exactement en quelle chambre étoit un des en‑ fans de la maifon, quand les autres font montés pour fouper. Pour rappeller ainfi de menues cir‑ conftances, il faudroit avoir été configné exprès pour les retenir , & les avoir couchées par écrit dans le moment.

La feconde prétendue contradiction eft que le pere a dit que Marc - Antoine Calas étoit forti de table avec tous les autres : même qu'il étoit refté enfuite demie heure avec eux , dans la chambre où l'on paffa ; au lieu que tous les autres ont dit que Marc-Antoine Calas étoit forti de table avant la fin du foupé.

L'uniformité des autres Prévenus fur ce point , démontre que la chofe s'eft paffée réellement ainfi , & démontre par conféquent la vérité du fouper ; car il faut le redire toujours qu'il n'eft pas poffible que ces autres Prévenus fe foient conciliés entr'eux à cet égard, & que fi cela étoit , ils n'auroient pas manqué d'en con‑ venir auffi avec le pere. Ce doit avoir été par conféquent une diftraction du pere : & ne grof‑ fiffons pas des chofes fi fimples : on vit bon‑ nement en Famille , un des enfans quittera la table avant les autres , il eft très-poffible que le pere n'y faffe pas attention. Dans dix Familles où cela arriveroit un même foir , il n'y auroit pas peut-être deux peres qui ne fuffent embarraffés

(a) *Rebuffe de reprob. teft. n.* 55.

de répondre, s'ils étoient interrogés sur ce sujet demie heure après. Cela est naturel, sur-tout de la part d'un pere déja vieux, préoccupé de ses affaires, & actuellement attentif à faire politesse à un Etranger.

Cette premiere inattention du sieur Calas, aura produit l'autre erreur où il a été : c'est-à-dire qu'il crut que tous avoient passé ensemble dans la chambre où l'on se retira après le soupé, parce qu'il n'avoit pas fait attention que Marc-Antoine Calas avoit quitté la table avant les autres. Mais en un mot, à cette distraction de l'un des Prévenus, on oppose pour gage, certain indubitable de la vérité, l'uniformité des autres, qu'on ne peut pas supposer s'être conciliés.

La troisieme prétendue contradiction est que le sieur Lavaysse a dit que des pigeons qui furent servis à souper étoient au sang, & que tous les autres ont dit, que ces pigeons étoient apprêtés à l'ail. Le sieur Lavaysse a pu équivoquer aisément, parce qu'il entre du vinaigre & de l'ail pour préparer des pigeons au sang, comme pour ceux qui font proprement à l'ail. L'uniformité des autres Prévenus à dire que ces pigeons étoient à l'ail, démontre pareillement que c'est ainsi qu'ils étoient aprêtés ; n'étant pas possible encore qu'ils se soient conciliés sur ce sujet, & étant toujours évident que si cela étoit, ils n'auroient pas manqué d'en convenir aussi avec le sieur Lavaysse. Il n'est pas même douteux, que cette Famille n'ait soupé réellement : cela étant cette différence sur la maniere dont étoient aprêtés les pigeons qui furent servis, ne pourroit donc passer que par un oubli innocent.

Il n'est pas nécessaire de remarquer que suivant les Auteurs, (a) les contradictions des Prévenus ne

(a) *Jul. Clar. Pract. Crim. Lib.* 5. §. *fin. n.* 39. *& not. LL.*

leur nuiſent point , ſi elles ne tombent ſur le prin-
cipal , & ſur ce qui eſt de la ſubſtance de l'action ,
mais ſur de ſimples circonſtances : *ſi non eſt circa
factum, circa ſubſtantialia negotii , ſed circa circumſ-
tantias.*

Mais en un mot une circonſtance invincible démontre que Marc-Antoine Calas a ſoupé avec ſa
famille : on s'appuyeroit donc en vain de ces trois
prétendues contradictions pour rendre ce fait incertain. Un fait eſt démontré , & on voudra préſu-
mer le contraire ? ce ſeroit renverſer toutes les ré-
gles du raiſonnement : il n'y a point de vérité qui
ſubſiſtât vis-à-vis d'une telle Logique.

§.

On ſuppoſe comme un autre indice , qu'une
femme a dépoſé qu'un jeune homme ſorti de
la maiſon, pendant le pourparler des curieux, avoit
crié à des Demoiſelles à la fenêtre, que Marc-
Antoine Calas avoit été tué par un porte épée :
que deux autres femmes , la Demoiſelle Peyronet, (a) faiſeuſe de Bourſes, & la Demoiſelle Portal
ſon aſſociée, ont ſoutenu à Pierre Calas qu'il
avoit dit le même ſoir que ſon frere avoit été tué
d'un coup d'épée dans le cou ; même qu'il étoit
entré à cette occaſion au Billard de la Grand'ruë,
appellé les quatre Billards , pour ſçavoir s'il auroit eu querelle avec quelqu'un.

La premiere de ces deux dépoſitions a été miſe ſur le compte du ſieur Lavayſſe , quoique cette
femme ne l'ait pas reconnu à la confrontation.
Pierre Calas & lui ont dénié conſtamment ces

(a) *La Cour eſt ſuppliée de demander au Public ce qu'eſt la Demoiſelle Peyronet.*

M

faits ; & peut-on croire en effet qu'aucun d'eux ait
supposé que Marc-Antoine Calas étoit mort d'un
coup d'épée, tandis qu'ils alloient chercher l'un &
l'autre un Chirurgien, que la Maison alloit se rem-
plir du monde, qu'ainsi l'on devoit connoître dans
le moment que Marc-Antoine Calas n'avoit pas
péri de ce genre de mort. Ils auront débité un
mensonge qui ne pouvoit durer qu'un instant ? ils
auront débité ce mensonge, en même-temps qu'ils
faisoient des démarches qui alloient manifester la
vérité ? cela est trop inconcévable.

Mais quand Pierre Calas & le sieur Lavaysse
auroient tenu ce propos ; ils pourroient l'avoir fait
dans l'objet (qu'on se proposoit,) d'écarter le soupçon que Marc-Antoine Calas se fût défait lui-même : on ne pourroit donc pas en tirer la conséquence que le crime eut été commis par la famille : pour
me juger coupable, il faut que ce qui m'est objecté reçoive naturellement cette explication, &
n'en puisse pas recevoir d'autre.

Tels sont les prétendus indices qu'on objecte
aux Exposans. D'un côté, ces indices prétendus
manquent par le fait. Il n'est pas vrai que Marc-
Antoine Calas dût changer de Religion. Il n'est
pas vrai qu'il ait été maltraité & menacé à cette
occasion. Il n'est pas vrai que Louis son frere ait
été maltraité pour le même sujet. Il n'est pas vrai
que Marc-Atoine n'ait point soupé avec sa famille. Il n'est pas vrai qu'on ait supposé dans le
premier moment un faux genre de mort. Rien de
tout cela n'est prouvé valablement. Et l'on a vu
de l'autre côté, que quand les faits sur lesquels
on établit ces indices prétendus seroient aussi réels
qu'ils le sont peu, ce ne seroit rien moins que des
indices. Marc-Antoine Calas a été tué en haine de
ce qu'il avoit renoncé à la Religion Protestante

mais la Religion Proteftante abhorre elle-même cette inhumanité , elle la défend avec anathême. Marc-Antoine Calas a été menacé : mais il n'eft pas dit que ce fût pour caufe de la Religion , ce qu'on fuppofe néanmoins pour fondement du crime. Louis Calas a été maltraité pour cette caufe ; mais Louis Calas n'a pas péri. Les Prévenus ont fuppofé fauffement que Marc - Antoine Calas a foupé avec eux : mais il eft indifférent pour leur innocence qu'il ait foupé ou non avec eux ; ce feroit même une circonftance qui leur feroit avantageufe qu'il n'y eût pas foupé. Ils ont fuppofé dans le premier moment qu'ils font fortis que Marc - Antoine Calas avoit été tué d'un coup d'épée : mais cela pourroit avoir eu pour objet d'écarter le foupçon qu'il eut attenté fur lui-même.

Qu'il s'éleve au contraire d'indices victorieux en faveur des Expofans ? ils font répandus dans le cours de ce Mémoire , on ne les réfumera pas en cet endroit , cet ouvrage n'eft déjà que trop long. Or des indices font rélaxer les Prévenus lors même qu'ils font attaqués par des témoignages formels ; [a] parce que ces témoins peuvent fe tromper , qu'ils peuvent être trompeurs , qu'ils peuvent être féduits par des préventions, que les paffions peuvent les remuer : on examine en conféquence fi rien ne parle en faveur des Prévenus. Ainfi les circonftances fortes , décifives, qui parlent en faveur des Expofans , les feroient relaxer , quand même des miférables dépoferoient formellement qu'ils fuffent les auteurs de ce meurtre : combien plus lorfqu'on ne leur oppofe que des indices , ou pour mieux dire , des objets frivoles qu'on honore du nom d'indices. En particulier, comment envelopper dans cette

[a] *Bornier fur Ranchin in verbo Teft. art.* 106.

disgrace & la mere & le fils , puisqu'il n'existe aucunes menaces de leur part ?

Est-il permis dans le fonds de condamner sur
des indices ? lisez les Auteurs : plusieurs disent
qu'on ne le peut pas , quelques-uns vous diront
qu'on le peut : suivez-les , ils prouvent tous qu'on
ne le peut point. Ils exigent pour cela en effet [a]
que les indices soient *indubitables* : qu'il en résulte ,
par une conséquence *nécessaire* , que les Prévenus
ont commis le crime , & qu'il est *impossible* qu'ils
ne l'ayent pas commis , *ut res aliter se haberi non
possit* ; parce que la Loi exige en effet des preuves
plus claires que le jour , *luce clariorâ*. Or des indices peuvent-ils faire dire jamais , *il est indubitable* que vous avez commis le crime , il y a *néces-
sité* que vous l'ayez commis , il est impossible que
cela ne soit pas ? Comment cela est-il *indubitable* ,
comment cela est-il *nécessaire* , comment est-il
impossible qu'il en soit autrement , s'il n'y a que des
indices ; puisqu'on est si souvent trompé aux indices qu'on a cru les plus évidens ; que d'autre côté
l'esprit humain n'a aucunes regles pour juger du
nécessaire & de l'étendue du possible ; cela tient
à l'infini qui est au-dessus de la foible portée de
l'homme.

Rassemblez en particulier ce qu'on appelle indices dans cette cause , & qu'on en fasse un tableau :
qui osera tirer en soi-même cette conséquence : par
ces circonstances , il est *indubitable* , il est *nécessaire*
que Marc-Antoine Calas ait été étranglé par ses
parens , il est *impossible* que ses parens ne l'aient
pas fait.

[a] *Ju ius Clarus pract. crim. lib. 5. §. fin. q. 20. n. 5. Bornier
sur le titre 19. de l'Ordonnance de 1670. art. I.*

[b] *Cap. Car. Mag. lib. 7. cap. 186: Danti le rapporte à la
fin de son Ouvrage sur Boissau.*

Un Capitulaire de Charlemagne. [b] s'éleve bien fortement contre la preuve par des indices. Les Capitulaires font des Ordonnances qui ont été faites dans les Affemblées de la nation : ce font par conféquent des Loix bien refpectables. L'humanité même & la droite raifon parlent dans ce Capitulaire. » Qu'un Juge, c'eft la tradition de Danti, ne » condamne jamais qui que ce foit, fans être fûr de » la juftice de fon Jugement; qu'il ne décide jamais » de la vie des hommes par des préfomptions, qu'il » voie la preuve claire, & après cela qu'il juge. Ce » n'eft pas celui qui eft accufé qu'il faut confiderer » comme coupable, c'eft celui qui eft convaincu. » Il n'y a rien de fi dangéreux, ni de fi injufte au » monde que de hafarder à juger fur des conjectures. » Toutes ces fortes d'affaires où la preuve confifte » en indices, & ne va qu'à former un doute, doi- » vent être refervées au fouverain Jugement de » Dieu ; & les hommes doivent fçavoir, que toutes » fois & quantes qu'il n'a pas voulu leur donner le » parfait éclairciffement d'un crime, c'eft une mar- » que qu'il n'a pas voulu les en faire Juges, & qu'il » en a réfervé la décifion à fon Tribunal. (a)

Remarquez d'autre part que les Auteurs difent feulement, que le Juge peut condamner fur des indices, non pas qu'il y foit obligé. [b] Deux Té-

[a] *Nullus quemquam ante juftum judicium damnet nullum fufpicionis arbitrio judicet. Prius quidem probet & fic judicet : non enim qui accufatur, fed qui convincitur reus eft. Peffimum namque & periculofum eft quemquam de fufpicione judicare. In ambiguis Dei judicio refervatur fententia. Quod certe agnofcunt fuo, quod nefciunt divino refervent judicio ; quoniam non poteft humano condemnari examine quem Deus fub judicio refervavit.*

[b] *Julius Clarus pract. crim. lib. 5. quæft. 20. n. 5. poteft reus condemnari . . . . poteft deveniri ad condemnationem* Un Continuateur de Julius Clarus fur cette queftion n°. 10. *ex præfumptionibus poteft quis condemnari.* Charondas liv. 9. de fes réponfes

moins difent , nous avons vu commettre le crime :
il faut le punir , la Loi l'ordonne. Mais s'il n'exifte
que des indices , la Loi n'ordonne plus rien , elle
laiffe le Juge en liberté. Il aura égard à ces indices , s'il le veut ; il n'y aura point égard , s'il ne
veut point. Ainfi déchargez alors les Prévenus ,
rien ne peut vous être reproché , la Loi fe tait ,
& l'humanité vous loue : condamnez au contraire
fur ces indices , vous êtes chargé des événemens ,
parce que vous avez opté d'être fevere , quand
vous êtiez libre de ne l'être pas.

Et quel danger dans les indices ? Lebrun perd la
vie fur des indices : Langlade meurt aux Galeres
condamné auffi fur des indices : on découvre enfuite
qu'ils étoient innocens ? Quel regret pour le Juge ,
quelle terreur , c'eft un poids qu'il faut porter toute
fa vie. Un exemple rapporté par Charondas [a]
infpire fur-tout la plus grande frayeur. Un mari
maltraite fa femme une nuit : des voifins l'entendent crier au meurtre. On entre le lendemain dans
cette maifon ; on voit du fang verfé , le mari
éperdu , le four fumant encore ; & la femme ne
paroît point. Le mari arrêté avoue à la queftion
qu'il a fait expirer fa femme dans ce four : le
premier Juge le condamne à mort. Le Parlement
de Paris où l'Appel fut porté étoit aux opinions ;
& cette Compagnie paffoit , non point à ordonner
la mort , une Cour fouveraine eft trop fage pour
ne pas tout tenter avant d'infliger le dernier fupplice , mais il paffoit à ordonner un interlocutoire :
la femme pleine de vie réparoit , elle avoit fui
avec un amant. L'antiquité rapporte tant de faits

rép. 1. *Il dépend de l'avis & arbitrage du Juge d'ordonner fur*
iceux ou non.

[a] *Au lieu ci-deffus.*

pareils : Charondas en a recueilli trois ou quatre au même endroit. Un Auteur moderne, qui rapporte les trois faits du mari de Charondas, de Langlade & de Lebrun, s'écrie que » ce sont des » exemples bien funestes de la fausseté des indices, » qui paroissent même les plus certains.

Ah ! qu'on punisse, si on veut, sur des indices des crimes ordinaires : car, puisque ces crimes sont ordinaires, ils peuvent avoir été commis. Mais juger sur des indices par rapport à un cas sans exemple dans les siecles passés, & qui le sera sans doute dans les siecles à venir ? juger sur des indices qu'un pere a assassiné son fils, que la mere & un frere se sont joints à lui, qu'une ancienne domestique, un ami arrivé de la veille & retenu fortuitement à souper, sont entrés dans ce complot : pour tout dire en un mot, croire sur des indices un parricide qui en renfermeroit cinq, & ce que l'on croiroit à peine, après l'avoir vu : cela répugne trop à la raison.

Ecoutons là-dessus le grand homme qui a été cité à une autre occasion (a). »Pour un crime,

(a) *In hoc tanto, tam atroci, tam singulari maleficio, quod ita raro extitit, ut si quando auditum sit portenti ac prodigii simile numeretur quibus tandem te argumentis accusatorem censes uti oportere? Nonne & audaciam ejus qui in crimen vocetur singularem ostendere, & mores feros, immanemque naturam & vitam vitiis flagitiisque omnibus deditam, & denique omnia ad perniciem profligata atque perdita . . . . . in quo scelere, etiam cum multæ causæ (indices) convenisse unum in locum atque inter se congruere videntur tamen non temere creditur . . . . . neque testis incertus auditur. Cum multa commissa maleficia, tum vita hominis perditissima, tum singularis audacia ostendatur necesse est, neque audacia solum sed summus furor atque amentia . . . . . quæ nisi multa & manifesta sunt, profecto res tam scelesta, tam atrox tam nefaria credi non potest. Magna est enim vis humanitatis . . . . . multum valet communio sanguinis : reclamitat istius modi suspicionibus ipsa natura . . . . portentum atque monstrum certissimum est, esse aliquem humana specie &*

»dit-il , fi grand , fi atroce, fi fingulier ; qui eft
»fi rare , que s'il y en a eu jamais d'exemples
»ils ont été regardés comme un prodige : quelles
»preuves ne faut-il pas avoir ? Il faut, pour fon-
»dement de cette accufation , prouver avant tout
»contre celui qu'on prétend convaincre de ce
»forfait , qu'il a fait paroître dans le cours de fa
»vie une audace finguliere , des mœurs féroces ,
»un naturel barbare , un fonds d'égarement & de
»fureur ; alors feulement vous pouvez écouter des
»Témoins , autrement il n'eft pas poffible de
»croire un fait fi horrible , fi atroce , fi épou-
»ventable. Car quelle n'eft point la force de l'hu-
»manité & de la voix du fang ? la nature réclame,
»& ne fouffre pas qu'on croie que par un pro-
»dige effroyable , une créature qui a là figure
»humaine ait tellement furpaffé en fureur les
»bêtes les plus féroces , qu'elle ait pu ôter le
»jour à celui à qui elle l'avoit donné. « C'eft
ainfi que s'exprime ce grand Orateur.

Athénes (a) n'avoit point établi de peine pour
le parricide , elle ne croyoit pas que ce crime
fût poffible. Quelle bienféance de mœurs ; quelle
nobleffe ; quelle eftime de la nature humaine ?
combien donc Athénes auroit-elle été éloignée de
déclarer coupable d'un parricide , fur des indices
quels qu'ils fuffent. Cependant Dieu n'étoit pas

figura qui tantum immanitate beftias vicerit , ut propter quos hanc
juaviffimam lucem afpexerit , eos indigniffime luce privarit . . . . cum
etiam feras inter fefe partus , atque educatio & natura ipfa con-
ciliet. Cic. pro Rofcio Amer. n. 13 & 22 , les Juges de Rome
eurent égard à cette belle rémontrance, fondée fur la nature , & Rofcius fut relaxé , quoiqu'il eût contre lui l'énor-
me puiffance du cruel Dictateur Sylla.

(a) Eodem n. 25.

venu encore sur la Terre éclairer les hommes, leur apprendre la dignité de leur nature, & que l'homme le plus vil en apparence mérite le respect le plus grand par l'honneur qu'il a d'être son image. Un Tribunal Chrétien ne jugera pas des hommes moins religieusement qu'Athénes Payenne : le premier Tribunal d'une nation aussi généreuse, n'en jugera pas moins noblement que cette petite Cité.

Permettra-t'on d'ajouter, avec l'Auteur de l'esprit des Loix (a), qu'il faut se méfier encore plus des indices dans la poursuite des crimes où la Religion se trouve mêlée. En effet, qui voudroit juger son ennemi sur des indices ? Il craindroit que son cœur ne lui fît illusion ; que la force que ces indices lui paroîtroient avoir ne fût prise dans son cœur. Or celui dans la cause de qui la Religion se trouve mêlée est plus que votre ennemi, il est ennemi d'une Religion & d'un Culte qui vous sont plus chers que vous-même. L'homme le plus droit ne sçauroit trop être en garde contre l'impression profonde & terrible que font dans l'esprit ces mots, d'ailleurs si justes & si saints, *il faut venger Dieu, il faut venger la Religion.*

La corde & le billot furent représentés aux Exposans dans leur interrogatoire au Palais ; ils le manierent, dit-on, froidement ; ils ne parurent pas émus ; qui ne seroit pas scandalisé ?

Il seroit surprenant sans doute que les Exposans n'eussent pas été troublés à la vue de ces deux instrumens funestes ; mais il n'est pas surprenant qu'il n'ait pas été apperçu qu'ils le fussent : un autre sentiment dut s'élever si vite dans leur ame : par ces deux instrumens funestes, durent-ils se dire, nous

_____

(a) *Liv. 12. chap. 5.*

N

périſſons depuis trois mois : malheureux ! il a perdu avec lui toute ſa famille. L'eſprit partagé entre ces deux mouvemens , & l'un étant balancé par l'autre , il en dut réſulter une apparence de tranquillité. Ainſi deux mouvemens oppoſés qui ſe rencontrent à forces égales produiſent ſouvent le répos. C'étoit horreur , non tranquillité ; il n'en fut jamais de plus juſte , & rien ne reſſemble plus à la tranquillité que l'horreur, puiſque c'eſt un ſentiment qui enchaîne les ſens. C'étoit enfin la tranquillité de cet ancien , déſeſpéré & furieux , à l'ouie des conditions qu'un Romain vainqueur impoſoit à ſa Patrie malheureuſe , & paroiſſant tranquille par l'excès même de ſon déſeſpoir (a).

Infortunés , vous ne périrez pas : la Cour a déja préjugé que vous n'étiez pas convaincus ; & ſon Arrêt vous annonce , que ſenſible à l'humanité & à vos maux , elle deſire de vous trouver innocens. Un devoir rigoureux impoſe au Vengeur public la néceſſité triſte & dure pour ſon cœur, ami des hommes , de pouſſer les Procédures & de ne rien négliger : mais bientôt convaincu de votre innocence par les recherches même qu'il eſt obligé de faire contre vous , n'en doutez pas, il va devenir votre protecteur.

Qu'il me ſoit auſſi permis de vous rendre compte de mes penſées ; dès le premier moment je vous ai eſtimés innocens , je n'ai pas pu penſer (& j'aimois à ne pas le croire) que la nature humaine fût capable de l'affreux égarement qu'on vous imputoit ; & au plus fort des clameurs qui

_____

(a) Fait rapporté par Plutarque. Un Poëte a dit dans le même ſens :
,, De colere immobile,
,, A force de douleur il demeura tranquile.

s'élévoient contre vous , mon cœur vous a toujours rendu le même témoignage.

Cependant ce n'est pas sur la foi de ce sentiment que j'ai entrepris de vous défendre : j'ai
voulu être persuadé , j'ai travaillé à connoître
tout , je suis allé à la source de tout , j'ai tout
consulté , tout écouté : j'ai écouté la prévention ,
je l'ai entendue vomir ses noirceurs , & j'ai frémi
de la témérité de ses jugemens : j'ai écouté la
droiture & les sages , leurs lumieres m'ont éclairé , & la noblesse de leurs pensées a élévé les
miennes : alors votre innocence , que j'avois crue
par sentiment , m'a été connue à découvert.

En vous défendant je n'ai pas cru vous servir
vous seuls : j'ai cru servir tous les hommes , il
n'en est point qui ne dût être affligé que la nature à laquelle il appartient , fût reconnue capable d'une fureur aussi étrange : j'ai cru servir la
Religion Catholique , contre laquelle l'hérésie a
l'audace & l'insolence d'invectiver à toute occasion : j'ai cru servir enfin la Religion en géné-
ral. Dans le dessein insensé de détruire toute Religion , que forma autrefois le Poëte , apôtre de
l'Athéisme (a) , il crut prévenir bien avantageu-
sément , en débutant par raconter l'action barbare
que la Religion des Grecs fit commettre à la
Gréce assemblée en Aulide. Dans un temps où
toute Religion est attaquée par un torrent de
livres impies qui se débordent de toutes parts ;
ne donnons pas lieu , à cette troupe frénétique ,
de penser que la Foi Protestante a pu mettre
cette rage dans le cœur d'un pere , une mere ,
un frere ; & de redire , avec insulte à cette occasion ,

_____

(a) Lucrece au commencement de son Poëme.

le mot facrilége de leur détestable Maître (*a*).

Toute la France, toute l'Europe a les yeux sur cette Caufe : mais dans l'Europe, l'Angleterre, l'Ecoffe, l'Irlande, la Pruffe, le Dannemarc, la Suéde font dans le parti de l'héréfie, on y trouve à peine une poignée de Catholiques. La malheureufe aventure du 13 Octobre peut fe renouveller dans quelques familles Catholiques de ces Contrées : un enfant chéri peut fe trouver mort dans fa maifon. Il aura été vu auparavant dans les Temples de la Religion dominante ; où ne pénétrent pas les jeunes gens ? Le pere aura été entendu grondant, ménaçant cet enfant ; quel pere ne ménace point ? L'Ecriture Sainte leur en fait un devoir. L'anthoufiafme faifira le peuple ; tout changera de ton dans ces efprits, tout y changera de couleur, tout y recevra l'empreinte de la prévention qui les aura infectés ; & s'il ne tient qu'à avoir entendu d'un fecond étage bien fermé, une voix prétendue partie à l'autre côté de rue, d'un rez-de-chauffée bien fermé auffi ; tandis que mille autres diront qu'à l'heure même le Cadavre étoit déja froid, & la famille pleurante fur fon fort ; nos malheureux freres pourront-ils fe tenir fûrs de la vie ?

L'ancien Illuftre qui a été cité ailleurs, remarque que quand Athénes n'établit point de peine contre le parricide, ce fut en partie pour ne pas apprendre aux hommes, en cela même qu'elle établiroit une peine contre ce crime, que ce crime pût être commis. *Sapienter feciffe dicitur cum de eo nihil fanxerit, ne non tam prohibere quam admonere videtur.* (*b*) N'apprenons pas de notre côté aux hommes qu'un pere, une mere, un frere,

[a] *Tantum religio potuit fuadere malorum.*
(b) *Cic. cod. 9. 25.*

une ancienne domeſtique, un ami ont pu ſe réu=
nir pour immoler de la maniere la plus barbare
un fils, un frere, un maître, un ami : ou plutôt
n'affligeons pas les hommes, en leur ordonnant
de croire que la nature humaine ſoit capable de
ſe porter à un excès auſſi horrible.

FAITS JUSTIFICATIFS.

On a la ferme confiance que ce ſecours eſt déja
devenu inutile, & que les Expoſans ſont reconnus
pour innocens : on ne va faire donc le détail de
ces faits, que pour faire éclater d'autant plus
leur innocence & rendre plus glorieuſe leur juſti-
fication. La plûpart ſont ramenés déja dans
les différentes parties de cet écrit : les Expoſans
comprennent parmi ces objets les vérifications
qu'il y auroit à faire.

Il faudroit donc faire vérifier, 1°. s'il n'eſt
très-poſſible que Marc-Antoine Calas ſe ſoit pendu aux deux battans de la porte avec la corde
& le billot que l'on ſçait (a). Des Médecins &
des Chirurgiens devroient être au nombre des
Experts, on en voit la néceſſité p. 48 & 49 ci-
deſſus.

2°. S'il eſt poſſible au contraire que la voix de
Marc-Antoine Calas ait été entendue diſtinctement
de la boutique ou magaſin bien fermés, dans
cette chambre bien fermée du ſecond étage du
ſieur Ducaſſou, où la ſervante prétend l'avoir entendue pendant qu'elle étoit occupée à coucher un
enfant : & que cette voix eût auſſi été entendue

(a) *Nota*. Le ſecond Verbal de deſcente fait mention, que
le billot, quoique plus court, peut être aſſujetti en rapprochant les deux battans de la porte.

diftinctement des fenêtres, auxquelles la Demoifelle Pouchelon & le fieur Popis fuppofent qu'ils étoient placés, au fecond étage de leurs maifons (a).

3°. Admettre les Exp. à prouver que le 13 Octobre à 6 heures du foir une Demoifelle de cette Ville étant entrée dans le Magafin du fieur Calas, pour demander de la Mouffeline d'une certaine efpece ; le fieur Calas pere parla d'un ton plein de tendreffe à Marc-Antoine Calas, qui fe trouvoit préfent ; lui difant, monte Calaffou à tel endroit, tu y trouveras ce qu'on demande. Que le même jour un Bourgeois de cette Ville, ami du fieur Calas, étant entré dans fa Boutique, le fieur Calas l'invita à fouper, & lui dit qu'il devoit aller le lendemain chercher fes filles, qui étoient chez le fieur Tyffier, que fa jeuneffe feroit de la partie ; & qu'il l'invita à venir avec eux.

4°. Que la prétendue converfation du mois d'Août dernier, entre Pierre Calas, & la Demoifelle Bou, dans la Boutique du Sr Bou Tailleur eft fauffe. La Demoifelle Bou avec qui il eft fuppofé que cette converfation s'eft faite, & les deux Garçons qui font encore dans la même Boutique rendront ce témoignage à la vérité.

5°. Ordonner que Me. Pimbert, & Me. Monier, le fieur Michel & le fieur Savaigne Greffiers, qui firent la vifite des livres & papiers du défunt lors de la Defcente dont il a été parlé, feront réfumés devant un Commiffaire de la Cour ; & qu'ils feront tenus de déclarer, s'il fe trouva quelque chofe parmi les livres & papiers de Marc-Antoine

(a) Un mot fage, de la Loi à cette occafion, avoit échapé : pour ne pas le perdre, on va l'employer ici ; il n'eft point ajouté foi aux Témoins les plus affirmatifs qui dépofent de chofes non vraifemblables, *teftibus non verifimilia deponentibus.*

Calas, qui eût rapport à la Religion Catholique & à son prétendu changement.

6°. Admettre pareillement à prouver qu'à Noël 1760, Marc-Antoine Calas étoit à Brassac chez le sieur Vaute. (a)

7°. Que Marc-Antoine Calas assista au mois de Septembre 1758 à une Assemblée Protestante, qui se tint du côté de Mazamet, & qu'il y présenta un enfant à Baptême, qui fut baptisé par un Ministre : & qu'à Noël 1760, étant chez le sieur Vaute à Brassac, il assista à une pareille Assemblée qui se tint du côté de Vabre près Brassac: que le mois de Juillet dernier il assista à un enterrement Protestant qui se fit hors de cette Ville, & qu'il parla fortement aux autres assistans de la prétendue excellence de sa Religion.

8°. Que Marc - Antoine Calas avoit fait demander à son pere quelque temps avant sa mort de vouloir l'associer, & que le sieur Calas fut obligé de le refuser.

9°. Que l'Associée de la Danduse a déclaré publiquement à la Place de l'Hôtel de Ville, qu'il avoit été inseré par erreur dans sa déposition, qu'elle avoit vu le sieur Calas pere maltraitant son fils, qu'elle n'avoit entendu déposer de ce fait que par oui dire. (b)

10°. Qu'au même moment que Louis Calas pria un Magistrat en la Cour de prendre la peine de donner à son pere la nouvelle de sa conversion, il quitta la maison, & alla loger chez le sieur Barrau, ruë des Polinaires : & que pendant le temps qu'il ne parut pas, c'est qu'il s'étoit ca-

(a) *Ce n'est donc pas Marc-Antoine Calas que Me. Laplaigne a confessé à Noël 1760.*

[b] *Ceci n'a n'a pas été rendu plus haut aussi exactement,*

ché chez les Demoiſelles Larroque & Peyre parentes du ſieur Durand Perruquier, rue Vinaigre ;
pour éviter d'aller à Nîmes, où on lui avoit trouvé une place dans une Maiſon Catholique.

11°. Enfin ordonner qu'il ſera procedé à une
nouvelle vérification par des Médecins & Chirurgiens qui ſeront nommés d'office par la Cour,
le ſieur Lamarque appellé, leſquels ſur l'état des
alimens qui ſe trouverent dans l'eſtomac de
Marc-Antoine Calas, & ſur le rapport qui leur
ſera encore fait par le ſieur Lamarque, rappor-
teront ſi Marc-Antoine Calas ne devoit pas avoir
mangé depuis peu lorſqu'il eſt mort.

Me. SUDRE, Avocat.

www.ingramcontent.com/pod-product-compliance
Lightning Source LLC
Chambersburg PA
CBHW071119260626

47162CB00006B/2380